Alguien C<

¿El plan perfecto tiene

Anna Gary

ALGUIEN COMO TU: ¿EL PLAN PERFECTO TIENE UN FINAL SORPRESA?

First edition. November 10, 2023.

Copyright © 2023 Anna Gary.

ISBN: 979-8223965480

Written by Anna Gary.

Also by Anna Gary

Crianza sagrada
Crianza sagrada #1
Crianza Sagrada #2

Marriage vierges
Le Mari Étrangement Vierge
L'épouse étrangement vierge
Etrangement Vierge

Sacré Élevage
Sacré élevage 1
Sacrée élevage 2
Sacré Élevage 3
Sacrée élevage 4

Standalone
Double Jumeaux
La Femme Fatale complexée

La fille Riche de la Ville
Jusqu'à ce que je captive ton cœur
Quelqu'un Juste Comme Toi
Un Grand Risque à Prendre
Un Milliardaire qui a Besoin d'une Femme
Frêne doré
Le retour du mauvais garçon
La Jeune Musulmane
Dose de domination
La Transformation de Sandra
Preuve d'adultère
Tomber Amoureuse de son Voisin
Le Mangeur de Chair
L'embrasser jusqu'au bout
La Ligne à ne pas Franchir
La Première Fois de Stéphania
Séduit par Fiona
Le Plus Grand Braquage
En Avoir Assez
Totalement Beau et Interdit
Le Voisin Intimidant
Alguien Como tu: ¿El plan perfecto tiene un final sorpresa?
Gemelos Dobles
Hasta que Cautive tu Corazón: Kace debería hacer todo lo posible
para que Shiloh vuelva a su vida...
La Chica Rica de la Ciudad
La Compleja Mujer Fatal
Riesgo a Correr: No voy a arriesgarme a dejar ir a Roselaure
Un Multimillonario que Necesita una Mujer: Rayjee Herrero
Necesitando una esposa y desesperado por tener una...

La consultora de bodas Sherly "Ali" Reid ayuda a sus clientes a planificar lujosas ceremonias de gala, aunque su propia vida amorosa es estrictamente informal. El último candidato de su madre casamentera, Eric Sullivan, puede ser sexy, pero además de tener éxito, tienen poco en común. Aceptar una relación falsa para engañar a su madre podría facilitarles la vida a ambos. Pero sus inesperados besos lentos y sus noches abrasadoras son todo menos fantasía.

Se suponía que el "pacto matrimonial" de Eric con Ali sería un acuerdo temporal. De repente se da cuenta de cuán profundamente desea a esta mujer inteligente y apasionada. En los negocios, es conocido por asumir grandes riesgos y obtener mayores recompensas.

Ahora está jugando por lo que está en juego más alto, con la esperanza de poder convencer a Ali de que confíe en él (y en su corazón) antes de que ella se aleje para siempre...

Capítulo 1

¡Cita a ciegas! Sherly Granville, Ali para sus amigas, tamborileaba con sus largas uñas rojas sobre el mantel blanco. Estaba esperando a Eric Sullivan, un hombre al que nunca había conocido, y con la misma facilidad podría pasar el resto de su vida felizmente ajena a su existencia. Pero eso no iba a ser. La habían tendido una trampa. Ali odiaba las citas a ciegas y no necesitaba que nadie le encontrara un hombre, especialmente su madre. La verdad era que ella era capaz de conocer hombres por su cuenta y tenía citas a menudo. Pero la habían incitado a aceptar cenar con Eric Sullivan. Como no le gustaba incumplir su palabra, estaba estancada.

El restaurante estaba lleno para ser un jueves por la noche en Princeton. Era otoño y la mayoría de los universitarios regresaron hace un mes. La mayoría de los clientes del restaurante estaban alrededor de la barra animando los esfuerzos de algún equipo deportivo por capturar estadísticamente un lugar en los libros de historia. Hacía tiempo que Ali había dejado de escuchar los triunfos y gemidos de su participación en el partido televisado. Había relegado el sonido a ruido blanco. Su atención estaba en la entrada del restaurante. Desde su posición solitaria en el comedor del segundo piso, donde normalmente se celebraban fiestas privadas, tal vez podría detectar a su cita cuando él llegara. Quizás él también odiaba las citas a ciegas. Y Ali no se sentiría decepcionado si lo plantaran. Si no tuviera que explicarle amablemente a su madre una vez más por qué no quería que le tendieran una trampa, tampoco estaría aquí.

Frunciendo el ceño, vio entrar a un chico bajo con gafas de montura redonda. Sus dedos fueron hacia el teléfono en su bolsillo. Diana, su amiga y socia comercial, estaba a solo una llamada de distancia. Los dos habían elaborado una señal si Ali quería o necesitaba ser rescatado.

De nuevo, miró al hombre de abajo, observando su altura o su falta de altura. Uno de los requisitos de Ali en un hombre era la altura. Con un metro setenta y cinco, no quería estar con un hombre cuya cabeza sólo le llegaba a los pechos. Afortunadamente, el Sr. Glasses levantó la mano, saludando a su grupo y se unió a un grupo al final de la barra. Ella exhaló un suspiro de alivio porque él no era su cita a ciegas.

Otros tres solteros y dos parejas llegaron antes de las siete de la mañana. Luego entró justo cuando el reloj marcaba la hora. Ali lo miró dos veces cuando lo vio. Sacudiendo la cabeza, ella inmediatamente lo rechazó como alguien que nunca necesitaría una cita a ciegas. Él no podría ser el indicado. Su madre no sabía tan bien. A excepción de su padre, que todavía era un hombre guapo de unos cincuenta años, los hombres que su madre solía elegir se parecían al tipo de las gafas de montura redonda.

Por un momento, Ali deseó que su cita fuera el hombre que estaba en la puerta. Inclinada sobre la barandilla, vio al extraño acercarse a la recepcionista. Los dos tuvieron una breve conversación y ella revisó su plano de asientos. Entonces ella sacudió la cabeza. Mientras reunía un par de menús y lo conducía hacia una mesa, la habitación quedó momentáneamente en silencio, lo que le permitió a Ali escuchar su propio nombre.

"Traeré a la Sra. Granville tan pronto como llegue, señor", dijo la mujer.

Ali jadeó. Su estómago dio un vuelco y su corazón saltó a su garganta. Este no podría ser Eric Sullivan. Él era hermoso. ¿Dónde lo encontró su madre? Era alto, al menos un metro ochenta y dos. Sus hombros eran lo suficientemente anchos como para apoyar cualquier cabeza disponible y por un momento pensó en la de ella descansando allí. ¿Por qué habría que concertarle una cita a este tipo? Le tomó un momento recuperarse. Todavía era una cita a ciegas y, hasta donde ella sabía, los dos no tenían nada en común. Conocerlo podría ser un desastre a pesar de su apariencia. De hecho, esperaba que así fuera. Un hombre tan guapo podría valerse por sí solo. Sí, decidió, algo andaba mal con él.

Ali se levantó, se metió el bolso bajo el brazo y abandonó su asiento solitario en el balcón superior. Tomó las escaleras traseras que conducían al piso principal. Al entrar por el bar, fue asaltada por el ruido. La multitud estaba de pared a pared y un grito de placer se escuchó mientras ella se abría paso hacia la multitud. Ella sonrió aquí y allá, ahuyentando gentilmente a los hombres interesados. En la entrada de la zona del restaurante, miró a través de las columnas verticales que separaban el comedor de la sala de los amantes del deporte.

Eric Sullivan no tenía ninguna sonrisa. Miró cómodamente a su alrededor, observando a los otros comensales como si necesitara recordar sus posiciones exactas en algún momento posterior. Llevaba una camisa con el cuello abierto y una chaqueta oscura. La masculinidad rezumaba de él. Incluso sentado solo, parecía tener el mando. Estaba bien afeitado, con la piel bronceada y oscura, el pelo cortado al rape y prolijo, sin bigote. Aparte del aura de "estoy al mando" que llevaba, había algo más en él. Algo que dijera "¡Sexo!"

Eso es lo que fue. Atracción sexual. Toneladas de eso. Se debe asignar más que a cualquier persona. Desde el otro lado de la habitación, él la hizo respirar con dificultad y todo lo que ella había hecho fue mirarlo. Se preguntó de nuevo qué le pasaba para que siquiera considerara reunirse con un extraño para cenar. No parecía que necesitara ayuda para encontrar compañía. Por las miradas de las otras mujeres en la sala, con mucho gusto dejarían sus propios grupos para unirse al suyo.

La recepcionista no estaba. Ali pasó por la estación de la recepcionista y caminó con pasos medidos hacia su mesa. Él levantó la vista cuando ella se acercó. Su rostro permaneció serio, sin sonrisa, sin señal exterior de aprobación. Estaba un poco decepcionada y un poco insultada.

"¿Sherly Granville?" preguntó mientras se levantaba.

Ella asintió, mirándolo directamente a los ojos. Pasó la prueba de altura. Ali llevaba tacones de punta de cinco pulgadas y si se los quitaba, sólo le llegaría a la barbilla.

"Eric Sullivan", se identificó.

Ali extendió su mano. Lo tomó en su más grande. Hacía calor y fuerza. Ella nunca había sido de las que usaban clichés para describir a las personas, pero no había otra forma de pensar en él.

Eric Sullivan era increíblemente sexy.

* * *

Las conversaciones chocaban con platos y cubiertos, haciendo que el sonido en la habitación se convirtiera en una riqueza de ruido confuso. De vez en cuando se escuchaban carcajadas desde la zona del bar que llamaban la atención de todos durante unos segundos.

Eric acercó una silla a su lado y Ali tomó asiento. Ella esperó a que él dijera algo, pero el momento se convirtió en incomodidad. Tocó el borde del menú pero no lo cogió.

"¿Por qué aceptaste esto?" —preguntó finalmente.

"¿A qué?" Sus cejas se alzaron como si no hubiera entendido su pregunta.

"Ir a una cita a ciegas".

"¿Estás ciego?"

Ella puso los ojos en blanco. Entonces ese era su problema. Su humor apestaba. ¿Qué más le pasaba?

Luego vio una leve sonrisa en las comisuras de su boca. No era una sonrisa completa, pero la hizo preguntarse cómo sería una.

"Lo siento, tenía que decir eso. Esperaba que rompiera el hielo".

"¿Entonces las citas a ciegas tampoco son lo tuyo?" dijo Alí.

"Preferiría que me hirvieran en aceite".

"Bueno", dijo Ali, "supongo que eso lo resume todo". Se sintió un poco molesta, aunque ella sentía lo mismo. Nunca la habían rechazado para una cita y, francamente, no le agradaba mucho este chico. Y aunque no quería una cita a ciegas, quería ser ella quien tomara la decisión de poner fin a la noche. "Supongo que deberíamos simplemente darnos la mano y volver a nuestras vidas".

Esperó de nuevo a que él hiciera algo, pero él parecía estar esperándola. Ella se levantó y extendió la mano. Se puso de pie y lo tomó.

"Fue un placer conocerte", dijo.

Su voz era superficial. No hubo nada agradable en la reunión, pero Ali se sintió aliviada de no tener que pasar por una incómoda discusión para llegar a conocerte.

"Lo siento, no funcionó". En realidad no lo sentía, pero las palabras parecían apropiadas. Y no tendría que llamar a Diana para que la rescataran. Mientras recogía su bolso, su estómago gruñó.

"No habría funcionado de todos modos", dijo. "No eres mi tipo habitual".

"¿Qué tipo es ese?" Por alguna razón, la espalda de Ali se levantó. Nunca la habían despedido antes de tener siquiera la oportunidad de demostrar su valía.

"Eres demasiado alto, demasiado inteligente".

Ali parpadeó. ¿Era real? "¿Puedes saber mi nivel de inteligencia con un par de frases?"

"Mi madre me dio un poco de información", explicó.

La madre de Ali no le había dicho nada. "Veo. Estás buscando dulces para el brazo. Pequeña, tal vez con el pelo largo y ondulado, grandes ojos marrones. Del tipo en el que podrías perderte. Ella hizo una pausa, dándole un momento.

"Alguien que no es muy inteligente, pero bueno en la cama", admitió.

Para no dejarse sorprender por el comentario sobre lo bueno en la cama, Ali preguntó: "¿Entonces me están abandonando por mi altura?".

"No exactamente abandonado", dijo.

Ali respiró hondo y se calmó. Ella sonrió sarcásticamente. "Tienes razón. No soy yo. No soy un dulce para los brazos y no quiero un hombre que lo sea. No importa lo guapo que seas, prefiero un hombre con quien pueda hablar antes y después del sexo". Se colgó el bolso más arriba del hombro. "Y no sólo soy bueno en la cama, soy genial en la cama".

Girando sobre sus tacones altos, se alejó de la mesa. Ella sólo había dado un paso cuando él la llamó por su nombre. "¿Sherly?"

Ella se volvió.

"Probablemente no debería haber dicho eso. Ha sido un día largo y he olvidado mis modales".

"¿Eso es una disculpa?"

El asintió.

Tenía la sensación de que él rara vez se disculpaba. Era un hombre al mando. Se dio cuenta de que él tenía confianza y obviamente eligió su propio camino. Esta fecha orquestada por su madre y su madre estaba fuera de su carácter desarrollado.

"Alí", dijo. "Todos me llaman Ali".

"Alí", repitió. "Como obviamente tienes hambre y ya estamos aquí..." extendió las manos abarcando la habitación "... también podríamos comer. De esa manera puedo responder con sinceridad cuando me pregunten cómo estuvo mi noche".

"No ha comenzado con una nota alta. ¿Estás seguro de que no quieres detenerte aquí? Si seguimos así, las cosas podrían empeorar".

Él rió. El sonido era profundo y contagioso, pero Ali se negó a unirse. Mantuvo sus rasgos serios y serios.

Ali se encogió de hombros y volvió a su asiento. Sin duda, ella también sería interrogada. Hicieron el pedido y, mientras ella cortaba una costilla tan tierna que podría haber usado un cuchillo de mantequilla, Eric abrió la conversación.

"Mientras estaba discutiendo con mi..." Se detuvo. "He oído que estás en el negocio de las bodas".

A Ali no le gustó su tono. Ella asintió. "Diseño vestidos de novia y soy socia de una empresa de consultoría de bodas".

"¿Entonces crees en los azahares y hasta que la muerte nos separe?"

Ella se negó a morder el anzuelo obvio. "Los azahares serían muy caros en esta costa. Pero hay algunas novias que insisten en ello".

Levantó una ceja y tomó un sorbo de su bebida.

"¿Supongo que eres un no creyente?" -preguntó Ali.

"Soy realista. He visto a muchos de mis amigos caminar hacia el altar sólo para terminar odiando a la persona que juraron amar".

Ali estaba en problemas. Debería haber aprovechado la oportunidad para salir por la puerta cuando la tuvo. Ahora ella estaría atrapada aquí mientras durara la comida.

"Has estado casado", afirmó. Tenía todas las características de un hombre que había sido herido en una relación, pero su tono respecto a las flores de azahar le dijo que él mismo había pasado por ese pasillo. Su asentimiento fue apenas perceptible.

"¿Y ahora la odias?"

Sacudió la cabeza. "Todo lo contrario. Somos muy buenos amigos".

Ella frunció. Esta fue una excepción a la regla del divorcio. "¿Qué pasó?" preguntó, dándose cuenta de que probablemente era la pregunta equivocada, pero ya había salido.

Extendió las manos y encogió los hombros. "Éramos demasiado jóvenes. Nos casamos por todas las razones equivocadas. Básicamente, no nos conocíamos, no entendíamos que nuestros sueños no eran los mismos".

"¿Cuál fue su sueño?"

Él sonrió. A Ali le gustó. Era la sonrisa del buen recuerdo, esa que aparece cuando una persona mira hacia atrás y sólo él comprende el lugar feliz en el que ha entrado. Se alegraba de que él tuviera buenos recuerdos de su matrimonio. Había visto a muchas personas que sólo recordaban la brecha que separaba su relación y no lo que la creó.

"Su sueño era ser actriz". Se tomó un momento para comer un poco de su filete antes de continuar. "Después de nuestro divorcio, ella se mudó a Los Ángeles y consiguió un papel en una telenovela". Una luz apareció en el cerebro de Ali. ¿Chelsea Sullivan? Ella dio vueltas al nombre en su mente. "¿Estabas casado con Chelsea Sullivan?" El asintió. "Ella mantuvo el nombre".

Chelsea Sullivan fue la actriz principal del principal programa de televisión diurno. Por lo que Ali leyó en las revistas de entretenimiento, estaba a punto de trasladar su carrera al cine.

Se recostó en su silla. "¿Y tú? ¿Qué soñaste ser?

"Tengo mi sueño. Quería mi propio negocio de diseño".

Él sonrió plenamente. "Entonces estás por delante de la mayor parte del mundo. Lo tienes todo."

No todo, pensó. Su pareja, Diana, se casó el año pasado y, aunque las dos habían sido amigas durante años, Ali se preguntó por los felices cambios que vio en su amiga. Había una novedad, una felicidad que no había estado allí antes. Si bien a ambos les encantó el trabajo, Diana tenía algo más que esperar al final del día. Ali había comenzado a preguntarse qué se estaba perdiendo.

Pero mientras estaba sentada frente a Eric, Ali se preguntó cómo alguien podía convencerlo de conocer a alguien cuyo negocio eran las bodas cuando él no creía en ellas. Y hasta ahora estaba segura de que él no era el indicado para ella.

"¿Qué pasa con el matrimonio?" preguntó.

La palabra la golpeó como un chorro de agua helada. "¿A mí? ¿Casado? Nunca hice el viaje".

"Ya veo", dijo. "¿Le cuentas la historia a todos los demás pero te mantienes alejado de ella?"

"Dices eso como si fuera intencionado".

"¿Lo es?" -Preguntó Eric. Él la miró fijamente.

"No, supongo que soy el cliché", dijo Ali.

"¿Siempre dama de honor, nunca novia?"

Ella sacudió su cabeza. "Aún no he conocido al hombre adecuado".

"¿Pero tus padres están decididos a encontrarlo por ti si no lo haces tú mismo?"

Ali asintió. "Mi madre seguro. ¿Pero no es el matrimonio una conversación tabú para las personas en una primera cita? -preguntó Ali.

"Supongo que lo es, pero decidimos que esto es una cena, no una cita". Él volvió a reír. Esta vez Ali también se rió.

"¿A qué te dedicas?" ella preguntó. Al hablar con su madre, ella nunca le preguntó nada sobre él. Había estado demasiado ocupada argumentando que no quería ir a una cita a ciegas como para pensar en su profesión.

"Inversiones. Soy dueño de una casa de corretaje".

Estaba impresionada, pero lo mantuvo alejado de su rostro y de su voz. "Entonces, yo trato con sueños y tú con dinero contante y sonante".

"Ni frío ni duro. Sólo unos y ceros". No había ninguna censura en su voz. También carecía de orgullo o arrogancia.

"Transacciones informáticas". Ali asintió, comprendiendo que hoy todo se hacía en una pequeña máquina que podías guardar en tu bolsillo.

"El dinero real está a punto de desaparecer". Se volvió hacia ella y acercó su silla un centímetro más. "¿Cuánto dinero tienes en tu bolso ahora mismo?"

Ali miró sorprendida el bolso de mano que yacía sobre la mesa. Sacudiendo la cabeza, dijo: "Suficiente para un taxi y una llamada telefónica".

Eric sonrió. Era la primera vez desde que se conocieron que su rostro mostraba alguna emoción. "Recuerdo haber escuchado a mi madre hablarme sobre el precio del taxi y llevar dinero en efectivo cuando ella y mi padre estaban saliendo. Por supuesto, su generación puede recordar la vida antes de los teléfonos móviles".

"Recibí esa historia de mi padre. Quería asegurarse de que pudiera llegar a casa o al menos llamar si algún tipo se salía de control. Dijo que podría perder el teléfono u olvidarme de cargar la batería".

"¿Sucedió alguna vez?" preguntó.

"El teléfono, no. La fecha, nada que no pudiera manejar".

Eric le dirigió una larga mirada. Se preguntó qué estaría pensando. Ella no le había lanzado ningún desafío, pero sentía como si él estuviera pensando en uno.

"¿Qué pasa contigo? ¿Alguna hermana a quien darle ese mensaje?

"No hay hermanas, dos hermanos".

"¿Dónde estás tú en la mezcla?"

"Justo en el medio."

Ali asintió. Mimada, juzgó. Sonó cierto para los hijos del medio. Ali era uno de cuatro hermanos. Ella fue la segunda hija, la que nunca se salió con la suya. Eric, como hermano mediano, siempre habría recibido el suyo. Y probablemente todavía lo hacía.

"¿Qué pasa contigo? ¿Algún hermano o hermana?" preguntó.

"Dos hermanas, un hermano".

"¿Viven cerca?"

Ali negó con la cabeza. "Estamos bastante dispersos, pero todos llegamos a casa durante la mayoría de las vacaciones".

"¿Dónde está casa?"

"Maryland. Bentonburgh, Maryland. Está cerca de Hagerstown, no es que hayas oído hablar de ninguno de esos lugares".

"En realidad, sí", dijo.

Ali lo miró en busca de más explicaciones.

"Hace un tiempo conocí a una señora que estudiaba administración hotelera. Trabajó en Breezewood, la ciudad de los moteles, durante tres años".

A Ali no le sorprendió conocer a una mujer allí. Supuso que conocía mujeres en muchos lugares. Sorprendentemente, ese hecho también la dejó un poco fría. Ali decidió alejarse de las discusiones sobre ella y su familia y preguntó sobre él: "¿Cómo empezaste a invertir?". Él sonrió ante eso. Ella reconoció ese tipo de sonrisa. Lo había visto cientos de veces en los rostros de las madres o abuelas de las novias. Generalmente recordaban sus propias bodas y sabían lo enamorada que estaba la novia. La sonrisa los hizo retroceder en el tiempo. Eric tenía esa mirada.

"Mis padres me dejaron intentarlo".

"¿Cómo?"

"Tuve un profesor en la escuela secundaria que nos habló del mercado de valores. Me intrigó. Fue una de las pocas clases que tuve en la que me senté y escuché lo que él tenía que decir". Extendió los brazos y encogió los hombros. "Me fascinaba la posibilidad de convertir un poco de dinero en mucho. Les dije a mis padres que quería intentar invertir. Dijeron que era demasiado arriesgado. Que perdería todo lo que tenía".

"Y les demostraste que estaban equivocados", afirmó.

"Muy mal, pero fue un punto de inflexión".

"¿Cómo?" Ali tomó un sorbo de vino.

Ella le prestó toda su atención, tal como él debió haberlo hecho con ese maestro de secundaria hace tantos años.

"No era el mejor niño. Pero en la escuela secundaria, ¿quién era? Hizo una pausa y le dirigió una larga mirada. "Tenía dieciséis años y era rebelde. Supongo que estaba en esa edad en la que un giro en un sentido u otro podía convertirme en un hombre o enviarme a la cárcel. Mis padres hablaron sobre la idea y acordaron dejarme mil dólares para jugar".

"¿Jugar con?" Las cejas de Ali se alzaron. Sus padres no eran pobres, pero no podía imaginarse que le dieran tanto dinero cuando estaba en la escuela secundaria.

"El dinero fue lo primero que realmente me interesó. Intentaban cualquier cosa que captara mi atención y me mantuviera fuera de problemas", explicó. "El dinero era suficiente para que tuviera cuidado con él. Entonces leí todos los informes, aprendí el idioma y di pequeños pasos. En un año, había convertido los mil en cinco mil".

"Estás bromeando". Ali lo miró fijamente. Sabía que ese tipo de retorno era inaudito.

Sacudió la cabeza.

"Ese es un retorno de la inversión fenomenal", dijo.

"Fue. Tomé buenas decisiones y aprendí que era bueno con el dinero. Después de eso, tomé todas las clases que pude sobre inversiones y gestión patrimonial. Después de la universidad, acepté un trabajo en Wall Street, me mojé los pies y comencé a trabajar por mi cuenta".

Él sonrió, orgulloso de sí mismo. A Ali le gustó que se propusiera algo y perseverara en ello. "Entonces, si alguna vez piensas invertir..." Dejó la frase en suspenso.

"¿No me vas a dar un argumento de venta?"

"¿Por qué? ¿Es difícil venderlo?

"Extremadamente difícil", dijo Ali.

"Soy bueno en lo que hago", desafió Eric.

"Ya veo", dijo Ali rotundamente. "¿Entonces te gusta manejar el dinero de otras personas?"

"Por mucho que te gusten las bodas que planeas, a mí me gusta generar riqueza".

Ali pensó en la riqueza que habían acumulado ella y Diana. Ambos procedían de entornos humildes. Diana había sido una estudiante becada en Princeton, y Ali también había tenido becas y había trabajado parcialmente en Stanford. Ambos comprendieron la necesidad de capital y aprendieron a administrar el dinero como una necesidad para sus negocios.

Ali no era rica, pero se sentía cómoda. Sus diseños se vendían por miles de dólares y tenía una cartera en crecimiento. No fue administrado por la empresa de Eric.

"¿Cómo se llama su empresa de inversión?" -preguntó Ali.

"Sullivan Brothers Investment, Inc." Le deslizó una tarjeta de visita por encima de la mesa. La facilidad con la que lo hizo demostró un hábil arte de vender.

Ali nunca había oído hablar de su empresa. Probablemente eso fue algo bueno. Si no estuvieran manteniendo o aumentando la riqueza de sus clientes, seguramente habría escuchado algo de las muchas novias que acudieron para planificar. Y estaba la feria comercial a la que asistían planificadores financieros todos los años. No sabía si su empresa alguna vez había estado representada.

"¿Tus hermanos son parte del negocio?"

Sacudió la cabeza. "Al principio, mi hermano Quinn entró conmigo, pero rápidamente decidió que no era para él. Lo compré por tres dólares". Se detuvo y se rió de eso.

"Supongo que esa risa significa que en realidad no le engañaste con un buen trato".

"No había invertido ningún capital en la instalación. Hizo el trabajo preliminar para encontrar las oficinas y su fuerza para ayudarme a comprar e instalar muebles. Eso fue hace años".

"¿Estás en el mismo lugar?"

Sacudió la cabeza.

Las bodas de Diana se habían movido dos veces. Una vez para un proyecto médico y la segunda porque ella y Diana necesitaban más espacio y podían permitirse un área más prestigiosa.

"Con nosotros dos en Princeton, me sorprende que nuestros caminos no se hayan cruzado antes", dijo Eric. "Por supuesto, mis horas son impredecibles cuando trato con mercados extranjeros".

Dio una razón por la que no se veían. Ali también tuvo una explicación. "Mis fines de semana a menudo los dedico a bodas. Y a menos que asistas a tantos como yo, nunca nos conoceríamos".

"No, a menos que nuestras madres tuvieran algo que ver con eso", dijo.

* * *

Las calles de Princeton estaban casi desiertas cuando Ali y Eric salieron del restaurante. La noche de septiembre era clara e inusualmente cálida. Ali no podía creer que se hubieran quedado tan tarde. Hablar con Eric había sido bastante placentero después de que rompieron el hielo y acordaron que comerían juntos sólo porque tenían hambre. Y cuando se dio cuenta de que no volverían a verse, fue más fácil relajarse.

Tenía una voz bonita, profunda y rica. Le recordaba las noches escuchando "música sólo para amantes" en la radio. Los DJ siempre tenían voces devastadoras que tendían a atravesar los woofers y atraparte. Ali no había pensado en eso desde hacía tiempo. Principalmente escuchaba la radio en el coche cuando regresaba de una reunión o de una boda.

Sin embargo, Eric tenía esa voz de DJ. Estaba alcanzando a ella. Y ella se inclinaba voluntariamente hacia ello. Su aliento había agitado su cabello cuando se inclinó hacia ella. Y su propia respiración se volvió superficial y dificultosa. La mirada de Ali cayó hasta sus labios y se preguntó cómo se sentiría si la besara. Luego ella respondió bruscamente, deteniéndose. ¿Qué le sucedía a ella?

Era bueno estar afuera, donde la comodidad del entorno no entraba en un mundo de fantasía. Pensó si le gustaría volver a verlo. Por supuesto, ella preferiría que a él le gustaran las bodas y respetara lo que ella hacía, pero el matrimonio y los negocios del matrimonio no eran para todos. Eric había declarado que era uno de los que preferiría prescindir de él. Y eso probablemente significaba que preferiría prescindir de ella como recordatorio.

"Mi auto está estacionado en el estacionamiento", dijo, mirando detrás de ellos.

Juntos se dirigieron hacia la zona casi desierta. Aparte de sus autos, estaba segura de que el resto pertenecía al personal del restaurante que estaba limpiando y listo para terminar el trabajo de la noche. ¿Por qué no había notado que el ruido del bar disminuía? ¿O los otros clientes de la cena se van? Ella y Eric habían estado absortos en la conversación, pero era la primera vez que Ali estaba tan ajena a su entorno que no se daba cuenta de que estaban solos.

Eric no la tocó mientras caminaba junto a ella hacia su auto. Tampoco habló. Se preguntó qué estaría pensando. Podrían haber seguido hablando mientras se mantuvieran alejados de ciertos temas, como las bodas y el matrimonio. Dos que de todos modos no deberían discutirse en una primera cita. Excepto que esta no era una cita.

"Gracias por compartir mi comida", dijo cuando se pararon junto a su auto.

Ali pensó que estaba teniendo cuidado con sus palabras. "Me gustó mucho." No era del todo mentira, pero tampoco era del todo cierta. Presionó el botón de su llave y escuchó que la puerta se abría. Mientras alcanzaba la manija, Eric la llamó por su nombre. Ella paró. ¿Podría haber imaginado la suavidad de su voz? Ella se volvió.

Eric se acercó a ella. Sin motivo alguno, los latidos de su corazón se aceleraron. Se inclinó hacia delante. Ali se echó hacia atrás unos centímetros. Luego su mejilla rozó la de ella. Aparte de su apretón de manos inicial, ésta era la primera vez que la tocaba. Su piel estaba suavemente afeitada y cálida. La abrazó por un breve momento, ni siquiera el tiempo suficiente para que sus manos alcanzaran sus brazos mientras se levantaban para agarrarlo. Ali no se movió. Ella pensó que estaba a punto de abrazarla. Su respiración se contuvo y contuvo, pero él sólo la rodeó para abrir la puerta del auto. Entró y, sin decir palabra, Eric cerró la puerta. Él dio un paso atrás y ella lo miró.

Arrancó el coche y, con un gesto, salió del aparcamiento. Al llegar a la calle, miró por el espejo retrovisor. Eric se quedó donde ella lo había dejado.

Coloréame confundida, pensó.

* * *

"¿Cómo estuvo la cita?" Preguntó Diana, colocando una taza de café en el escritorio de Ali.

Ali no estaba trabajando. Normalmente lo sería. Tenían cinco bodas en los próximos tres meses, pero hoy su mente estaba en el hombre con el que había cenado.

Cogió el café y tomó un sorbo. "Tiene un humor seco. Odia las bodas, no cree en el final feliz, es muy arrogante y no nos volveremos a ver".

"¿Así de mal?"

"De inmediato acordamos darnos la mano y despedirnos. Pero no todo fue malo. Cenamos." Ali notó que Diana arqueaba las cejas. "Sólo porque ambos teníamos hambre", finalizó Ali.

"¿Qué él ha hecho?"

"Él es el mago de Wall Street. Eso es Wall Street en Princeton".

"¿Inversiones?"

Ali asintió. "Y es bueno en eso. Sus palabras, no las mías. Entonces, si alguna vez estamos listos para deshacernos de nuestra firma de inversiones, estoy seguro de que Sullivan Brothers Investments, Inc. nos haría una presentación personal".

"¿No te gustó ni un poquito?" -Preguntó Diana.

"Sabes que odio las citas a ciegas".

"Conocí a Scott en una cita a ciegas".

Scott fue el marido de Diana durante seis meses. "La forma en que conociste a Scott no es la misma. Usted y él habían hablado en línea durante meses antes de que decidieran conocerse. Sabían mucho el uno del otro. Más aún después de que descubrieron que se conocieron en la universidad. Estar con un completo desconocido en un bar no es lo mismo".

"Bueno, al menos cumpliste con el requisito de tu madre", le dijo Diana. "Ustedes dos se conocieron y cenaron".

Ali tomó otro sorbo de su café. Y hablaron. Ali pensó en la noche y en cómo no se habían dado cuenta de que había otras personas a su alrededor.

"Pero era guapo", murmuró, casi para sí misma.

"Oh." De nuevo, las cejas de Diana se alzaron.

Ali parpadeó, regresando a la oficina y saliendo del restaurante donde habían hablado. "Él fue muy directo..."

"Igual que tú", interrumpió Diana.

"No soy directo", protestó Ali.

"Seguro que no". El sarcasmo estaba presente en su tono. "Pero no te salgas del tema. Estabas diciendo que era guapo..."

Ali le dirigió una mirada dura.

"¿Era lo suficientemente alto? Me di cuenta de que los zapatos que te cambiaste ayer antes de irte tenían tacones muy altos".

Diana conocía el requisito de altura de Ali. "Era lo suficientemente alto".

"Así que era alto y guapo. Y es dueño de una empresa de inversiones".

"Y él no es el indicado", dijo Ali, con la intención de terminar la conversación. "Ni siquiera cerca."

"Está bien, lo entiendo". Diana levantó las manos en señal de derrota. "Se acabó la conversación. Pero tengo esperanza para ti. Dejarás de jugar en el campo y algún día encontrarás al hombre adecuado". Diana tomó su taza y sonrió. "Justo como lo hice yo".

Diana se dirigió a su oficina y cuando Diana ya no pudo verla, Ali repitió: "Ni siquiera cerca".

Capitulo 2

En la enorme catedral de Nueva York sonaba música suave. Saint Patrick's se encontraba en la Quinta Avenida desde 1858. Ali se preguntó cuántas bodas se habrían celebrado allí mientras observaba la asamblea de amigos y familiares invitados al cuarto matrimonio de Jessica Halston. Ali no quería pensar en la cantidad de favores que había pedido para que esta ceremonia se llevara a cabo. Un no católico tres veces divorciado que se casó en Saint Pat's. Incluso el cardenal Richelieu probablemente se revolvía en su tumba del siglo XVII. Fue realmente un milagro.

Ali miró a su alrededor. Las personas sentadas en los bancos hablaban en voz baja, pero el sonido que se elevaba hasta los altos arcos hacía que incluso un susurro fuera fuerte. A los lados, Ali vio a alguien que creía conocer. Ella parpadeó. Tenía que estar equivocada. ¿Qué estaría haciendo Eric Sullivan aquí? El hombre se movió detrás de una de las enormes columnas que sostenían la enorme estructura. Ella esperó, esperando que él reapareciera. Antes de que eso sucediera, escuchó una voz a través de su auricular.

"La novia te necesita". Renee, una de sus asesoras y mano derecha de Ali, le habló al oído. Acercó el auricular y bajó la cabeza para escuchar por encima del ruido hecho por los muchos turistas que admiraban el enorme edificio. "¿Donde esta ella?"

"Vestidor."

Ali ya se estaba moviendo, olvidándose del hombre al que seguía. "¿Ella esta bien?" Muchas novias se echaron atrás incluso tan cerca de decir "Sí, quiero". No importaba si la novia ya había estado en el altar tres veces, todavía podía tener reservas.

"Necesita un poco de estímulo".

Eso podría significar cualquier cosa, desde una negativa total a abandonar el vestuario hasta una uña rota. Ali bajó las escaleras hasta el vestidor, yendo lo más rápido que pudo. Llamó silenciosamente y entró.

Jessica estaba parada en medio de la habitación, sola. Para su cuarta boda, lucía tan fresca y brillante como en la primera. Ali había estado presente para los tres.

"Te ves genial", dijo Ali. Siempre era bueno hacerle saber a la novia que su apariencia era perfecta. "Cuando Donald te vea, quedará boquiabierto". Ali se acercó a ella. "¿Quieres que me ponga el velo?"

"¿Está todo listo?" —Preguntó Jessica.

Ali reconoció la pregunta tácita. La mayoría de las novias tenían el mismo miedo. Tenían miedo de quedarse de pie ante el altar. Incluso cuando hizo el viaje hacia el altar por cuarta vez, el miedo seguía ahí. Ali entendió cómo responderle, para que Jessica pudiera ocultar su miedo y salvar las apariencias.

"Todo está listo. Las damas de honor están todas aquí, vestidas y luciendo como un cuadro. El padrino y el novio están en el vestíbulo. Por cierto, tiene las manos frías".

Jessica se rió. "Manos frías, pies calientes".

Ali la sintió relajarse. Parte de la tensión abandonó su cuerpo. Ali levantó su velo y se lo trajo. "La iglesia está llena. Todos están en su lugar. Todo lo que necesitamos eres tú". Le dio a Jessica una sonrisa tranquilizadora. "¿Listo?"

"Listo."

* * *

La Catedral de San Patricio no impidió que los turistas caminaran mientras se realizaban los servicios. Cuando los desconocidos se dieron cuenta de que había una boda, bajaron la voz pero no abandonaron el edificio como dictaban las buenas maneras. Ali, sentado en el último banco junto a Renee, hacía tiempo que los había relegado a una molestia sin consecuencias.

Observó a la fiesta frente a la iglesia, sonriendo ante la foto perfecta que tomaron. La mente de Ali, sin embargo, estaba puesta en el ministro. No un sacerdote, sino el resultado de pedir otro favor. No importa cuántas veces escuchó los votos matrimoniales, todavía llamaban su atención. Por el rabillo del ojo, vio a varias personas moviéndose por el pasillo exterior que conducía a la salida. Un hombre se sentó en el banco en el que se sentaban ella y los tres consultores jóvenes, pero ella no lo miraba. Su atención estaba puesta en los novios y pensó que él estaba siendo cortés con los demás visitantes que entraban al edificio. Pero cuando él se detuvo justo al lado de ella, ella se giró para mirarlo.

"¿Eric?" Ella susurró. "¿Qué estás haciendo aquí?"

Atónita, Ali estaba tan concentrada en la inesperada aparición de Eric que se perdió las últimas palabras de la ceremonia y el beso. El repentino sonido de la música del órgano la sacó de su trance. Tenía que moverse. Eric no tuvo la oportunidad de responder su pregunta antes de que la necesitaran para ocuparse de más detalles. Los tres consultores se pusieron de pie y salieron. Los novios avanzaban por el largo pasillo precedidos por un fotógrafo y un camarógrafo. Ali perdió de vista a Eric mientras los seguía, mientras hablaba por los auriculares que llevaba.

La brillante luz del sol la cegó. Usando una mano para protegerse los ojos, Ali dirigió al personal de seguridad que había contratado. Ya estaban en el lugar controlando a la multitud de simpatizantes y espectadores. Ali y sus asistentes ayudaron a organizar la fiesta de bodas para las fotografías. Eric Sullivan apareció a la vista y los dos compartieron un momento mirándose fijamente antes de que ella volviera a sus cargos.

No fue como si se hubieran encontrado en una habitación llena de gente, se dijo. ¿Y qué estaba haciendo él aquí, de todos modos? Había visto la lista de invitados. Él no estaba en eso. Tenía un trabajo que hacer y no lo necesitaba allí como distracción. Jessica quería que todo saliera bien y Ali se enorgullecía de darle a la novia lo que le correspondía. Uno de los guardias de seguridad tocó a Eric en el hombro y él se movió hacia la parte trasera de la multitud.

Durante cuarenta minutos los fotógrafos tomaron fotografías. Ali sostuvo flores, apartó el cabello de la cara, colocó el tirante del sujetador errante de una dama de honor en su lugar e incluso permaneció completamente oculta detrás de una dama de honor mientras sujetaba el vestido de la mujer en su lugar para un mejor ajuste. Mientras hacía esto, Ali buscó en los rostros al margen el de Eric.

Cuando entraron, Ali se quedó con el cortejo nupcial mientras los demás se dirigían a la recepción en el Waldorf Astoria. El fotógrafo tenía todo bajo control y uno de sus asistentes había colocado los elementos sobrantes en un banco. Probablemente pasarían otros cuarenta y cinco minutos antes de terminar la captura de este momento en el tiempo. Ali se tomó el momento para buscar a Eric.

Se paró junto a la pared trasera. Ella se dirigió hacia él. "Tu presencia aquí no puede ser una coincidencia", dijo Ali cuando estuvo lo suficientemente cerca de él como para que nadie más pudiera escucharla.

"Aparentemente, estoy aquí para ti".

"¿A mí?" Ella frunció el ceño y se llevó la mano a los pechos. "¿Por qué? Estoy en medio de una boda y no... quiero decir, no acordamos volver a vernos".

"Está fuera de nuestras manos".

"No entiendo", dijo Ali.

"Tienes que recoger algo esta tarde antes de regresar a Nueva Jersey".

"Una pintura", dijo. "Mi madre..." Ali se detuvo de repente. Ella lo entendió completamente. Su madre había llamado a Eric y le había dicho que hoy iría a la galería a recoger un cuadro y traerlo de regreso a Princeton. Cuando volviera a casa al cabo de unas semanas, se lo llevaría consigo.

"Otra configuración, por lo que veo", dijo Eric.

"No tienes que hacer esto", protestó Ali. "Estoy seguro de que estás ocupado. Es un lienzo pequeño y puedo llevarlo en el tren".

"Estoy aqui ahora. No me importa llevarte ya que iremos en la misma dirección".

"¿Tu conduciste?"

El asintió.

"¿O?"

Volvió a mirar al fotógrafo y lo saludó con la mano para indicarle que esperaría un momento.

"Me tengo que ir ahora. La recepción es en el Waldorf. Cuando salga de allí me voy...

"Lo sé", interrumpió. "Tengo todos los detalles".

"Por supuesto que sí." Ali sabía que su madre no era más que minuciosa.

"Te veré en la recepción".

Ali asintió y corrió hacia el frente de la iglesia. Mientras se ponía a trabajar en los detalles necesarios que requerían atención, no pudo evitar mirar por encima del hombro para ver si Eric todavía estaba allí.

No lo era.

* * *

Dos horas más tarde, Eric alcanzó a Ali justo dentro del salón de baile principal. "¿Quieres bailar?" preguntó.

"No soy un invitado aquí", le dijo. "Y tú tampoco".

"Tus deberes han terminado. Te invitaron a la recepción, así que ahora eres libre". Él tomó su mano y la acercó. "¿Quieres bailar?"

No le dio tiempo a responder. Y él no le puso la mano en la cintura. Su mano descansaba debajo de su cinturón sobre las fuertes ancas de su espalda baja. Ella no lo movió, al menos no lo alejó. Él sintió su vacilación y ella lo empujó hacia abajo una pulgada. El calor recorrió su ropa, subió por su espalda y llegó a su cuello. Eric sintió la llama abrasadora debajo de su piel.

Sus ojos la estaban mirando. Tuvo que moverse, salir del estado de parálisis en el que se encontraba. Moviendo los pies, la rodeó hasta el suelo y ella siguió su paso. Sabía que ella no pelearía con él. Eso causaría una escena, y en una boda tan importante o incluso una que no lo era, Ali no arruinaría el día a la pareja de recién casados. Lo había obtenido hablando con ella durante su cita a ciegas.

Ella bailó bien. Ella era ligera en sus brazos mientras la conducía de un paso a otro. Ella lo siguió como si hubieran practicado durante horas. Eric lo disfrutó. No bailaba mucho, pero en su juventud se sabía que dominaba la pista.

Cuando la música se detuvo, se dirigieron hacia la mesa de profesores. Eric agarró dos botellas de agua y ambos bebieron con sed.

"Ustedes dos se veían geniales ahí fuera". Renee sonrió mientras se unía a ellos. Era más baja que Ali, con ojos castaños claros y cabello del mismo color recogido hacia atrás, exponiendo toda su cara de forma ovalada.

"Eric, ella es Renée Hart. Es una asistente fantástica".

Renee se sonrojó cuando los dos se dieron la mano e intercambiaron el saludo habitual. El asistente comenzó a recoger las pocas cosas que había sobre la mesa y que supuso volverían a la oficina. Dirigiéndose a Ali, dijo: "Tu bolso está allí". Señaló hacia la pared detrás de la mesa. Eric vio una pequeña bolsa de lona tirada allí. "Estamos todos empacados y a punto de regresar".

"Está bien", dijo Ali. "Te veré el lunes".

Renee se despidió, dejándolos a los dos solos.

Ali se volvió hacia él. "Ya terminé. Supongo que deberíamos ir a buscar el cuadro, a menos que quieras volver a bailar".

* * *

Eric condujo el todoterreno con pericia por las concurridas calles de Manhattan. Los taxis amarillos, los autobuses y los conductores de Nueva York no pudieron competir con su habilidad.

"¿Como estuvo la boda?" preguntó.

"¿Realmente quieres saber?" Ali recordó su comentario sobre las bodas en general. "Pensé que no querías un felices para siempre".

"No. Sólo estaba conversando".

Fue un largo viaje de regreso a Princeton. Sería incluso más largo si no hablaran. "La boda fue hermosa. La novia era hermosa. Varias de sus damas de honor lloraron. Viste la iglesia".

"¿Cuánto tiempo lleva planificar una boda?"

"Pensé que estabas casado antes. ¿Cuánto tiempo tomó el tuyo?

"No teníamos todas las comodidades y detalles. Fuimos al juez de paz y nos casamos", dijo Eric.

Alí se sorprendió. "¿Su esposa no quería una gran boda?"

"Lo hizo, pero no podíamos permitírnoslo. Entonces decidimos usar el dinero que teníamos para la luna de miel".

"Quizás la próxima vez", dijo Ali, olvidando sus creencias.

"No habrá una próxima vez", afirmó. Su voz fue definitiva.

"Entonces será mejor que impidas que tu madre te organice citas a ciegas".

"Oh, está en la parte superior de mi lista de cosas por hacer".

Alí se rió. "Si encuentras una solución a eso, envíame un correo electrónico y compártelo para poder detener a mi madre".

Ali se agachó y abrió el pequeño paquete que había traído consigo. Dentro había un par de zapatos, que cambió por los que llevaba puestos.

Eric la miró.

"Diferentes músculos", explicó.

"¿Qué significa eso?"

"Después de una boda o de un largo día de pie, cambiarme de zapatos significa que uso diferentes músculos de las piernas y no se cansan tanto".

"Por la forma en que estabas por todos lados, debes estar cansado de correr".

Ali suspiró. "Este no fue tan malo. La catedral era enorme, pero todo transcurrió bastante bien. Jessica estará encantada".

"Jessica es la novia, ¿supongo?"

Ali asintió. "Por cuarta vez".

"¿Cuatro maridos?" él dijo.

"Ella nos mantiene en el negocio".

Debe haber reflexionado sobre eso. Eric se quedó en silencio mientras maniobraba entre el tráfico. Ali se dio cuenta de que le había dado más municiones para respaldar su impresión sobre las bodas y el matrimonio. Afortunadamente, el tráfico estaba atascado y Eric mantuvo su atención en la carretera.

Finalmente llegaron a la galería. Eric se detuvo en un espacio que alguien dejó libre y los dos entraron. El lugar estaba iluminado por la luz. Enormes ventanas cubrían todo el primer piso. Las luces interiores se colocaron estratégicamente hacia las pinturas para darles la mejor apariencia.

Un hombre vino desde la parte trasera del pequeño edificio. Medía alrededor de seis pies de altura, tenía cabello gris, barriga y una sonrisa de bienvenida. "EM. ¿Granville?

Ali asintió.

"Soy Gene Restonson, el dueño de la galería".

"Soy Sherly Granville, la hija de Gemma Granville, y estoy aquí para recoger un cuadro que le guardas". Ali presentó a Eric. Gene les estrechó la mano a ambos.

"Apenas estábamos terminando de empacarlo. Dame un momento", dijo con una sonrisa que abarcó tanto a ella como a Eric. "Disculpe."

Ali asintió y los dejó para ir atrás.

Los enormes ventanales daban al tráfico de la tarde. Ali se alejó de ellos y se dirigió a un cuadro en la pared del fondo. Era un paisaje de mar y cielo. Eric se acercó detrás de ella. "Sabes lo que están haciendo, ¿verdad?"

Ella se volvió hacia él. "'Ellos'?"

"Nuestras madres."

"¿Qué?"

"Van a seguir uniéndonos con la esperanza de que finalmente decidamos tener una cita".

"Estoy seguro de que puedo manejar eso", le dijo Ali.

"Yo puedo también. Ambos estamos muy ocupados, pero creo que hay otra opción que nos satisfará a todos".

Ali estaba intrigado. "¿Qué es eso? ¿No vas a proponer matrimonio? Ella contuvo la respiración. No era posible, pero no estaba segura de lo que él podría hacer. Él había aparecido de la nada hoy y después de su conversación sobre bodas durante la cena, podría estar preparándola para cualquier cosa.

Sacudió la cabeza. "No eso no es."

"Tú tienes mi atención. ¿Qué crees que deberíamos hacer?"

"Creo que deberíamos darles lo que quieren".

"Pensé que no ibas a proponer matrimonio". Ali no tenía idea de hacia dónde iba esto. "Quieren que nos enamoremos y nos casemos".

"Así que pretendemos enamorarnos", dijo Eric.

"¿Qué?"

"No es tan extraño".

"Fingidos amantes. Esas tramas no funcionan en los libros, y mucho menos con dos personas que no se conocen".

"Eso es lo que lo hace perfecto. Podemos dedicar tiempo a conocernos. Al menos eso es lo que les diremos".

"¿Y cómo salimos de esta, cuando mi madre empieza a hacer citas para la iglesia, la tarta y a pedirme el diseño del vestido de novia?"

"No llegará tan lejos. Seguiremos así hasta Navidad. Luego les diremos que no funcionó y seremos libres el uno del otro".

Ali lo miró fijamente. "Libres el uno del otro", repitió.

"No quise decir eso por la forma en que sonó. Por el momento habremos satisfecho a nuestros padres. Por lo general, el mío no me molesta durante un año después de una ruptura".

"Y con el año nuevo", dijo Ali. "Estarán demasiado ocupados para molestarnos durante varios meses más. Para entonces, tal vez podamos convencerlos de que su intromisión produjo resultados desastrosos y que estamos al mando de nuestras propias vidas amorosas.

"Darnos a cada uno de nosotros tiempo para encontrar nuestros propios socios, si esa es nuestra intención".

Ali sacudió la cabeza, indicando que esa no era su intención.

"Lo llamaremos Pacto Matrimonial", sugirió Eric.

Ali lo miró con escepticismo. "Sabes, estás demasiado metido en esto".

Él sonrió, mostrando sus dientes blancos y uniformes.

"¿No debería ser el Pacto de fingir que nos estamos enamorando? Después de todo, no habrá planificación de bodas".

"Muchas palabras." Frunció el ceño como si lo estuviera considerando seriamente. "¿Está usted en?"

"No estoy segura..." Ella vaciló. "Odio engañar a mi madre". Ella hizo una pausa por un momento. "A pesar de..."

"¿Aunque qué?"

"Aunque ella me había engañado varias veces". Ali recordó cuando su madre amenazó con enviar invitaciones de boda con "Novio: TBA" si Ali no encontraba su propia fecha.

"¿Bien?" —insistió.

"Creo que deberíamos pensar más en esto. Por ejemplo, no sabemos mucho el uno del otro".

"Tendremos algunas citas y contaremos nuestra historia".

"¿Cómo vamos a afrontar las vacaciones? Dijiste que esto terminaría para Navidad. Las vacaciones familiares implican mucha planificación".

"Tendremos todo en orden", le dijo.

"Está bien", dijo con un suspiro. "Condiciones." Ali no estaba convencida de que esto funcionara, pero lo intentaría si tuviera la posibilidad de darle unos meses libres de las incesantes molestias de su madre.

";Que condiciones?"

"Asistimos a estas fechas y hablamos de las implicaciones de este enfoque. Pensamos en esto".

"De acuerdo", dijo.

¿Cuánto le cuesta a Samsung fabricar el Galaxy S23 Ultra?

¿Cuánto le cuesta a Samsung fabricar el Galaxy S23 Ultra?

Pagina 12

Ali creía que en realidad no estaba pensando en ello. "Quiero decir, con la misma consideración que le das a tus inversiones, le das a este plan".

Se tomó un momento para considerarlo. Luego asintió y dijo: "Lo haré".

"Aquí está", dijo Restonson.

Ali se volvió. El galerista estaba unos metros detrás de ella. Casi se había olvidado de él a la luz del plan de Eric. Se preguntó si él los había oído.

Moviéndose por el suelo, Ali lo encontró en el medio de la habitación. "Es enorme", dijo cuando lo vio cargando un paquete más largo que sus brazos. El cuadro había sido envuelto y no podía decir qué era, pero podía ver su tamaño. De ninguna manera podría llevar eso en el tren de regreso a Princeton.

Y su madre lo sabía.

Capítulo 3

Eric metió la pintura en la parte trasera de la camioneta mientras Ali miraba. Varias veces sacudió la mano para ayudar a atrapar la lona que caía. "Pido disculpas", le dijo cuando lograron entrar sin ningún contratiempo. "Mamá dijo que era un cuadro pequeño".

"Término relativo", respondió. "Comparado con los murales de Times Square..." Dejó la frase abierta, pero Ali sabía a qué se refería. Los anuncios en esa zona de Manhattan se describían por la cantidad de historias que cubrían. El más pequeño que se le ocurrió tenía unos diez pisos de altura.

Había de nuevo ese humor seco. A Ali no le importó. De hecho, lo encontró agradable. Subieron a la lujosa cabina y Eric encendió el motor. Se metió en el tráfico de la tarde. Ali pensó en la sugerencia que Eric había mencionado en la luminosidad de la galería.

"¿Estás pensando en mi propuesta?" Eric irrumpió en sus pensamientos.

"No es una propuesta, no según mi definición. Pero lo tengo en mente", dijo Ali. Ella se quedó en silencio. Sabía que él estaba esperando que ella continuara por la forma en que la miró.

"¿Tienes miedo de que lograrlo pueda ser un problema?"

"¿No es así? Después de todo, estos son nuestros padres. ¿Y qué pasa con las novias? No puedo imaginar que no tengas uno ya". La había conocido para una cita a ciegas. Eso debería indicar que no tenía apegos, pero Ali no quería dar por sentado. Ella notó que él se puso rígido. Unas manos que habían estado relajadas ahora agarraron con más fuerza el volante.

"Lo hice", dijo en voz baja. "Rompimos hace seis meses".

Ali intencionalmente mantuvo la voz baja. "¿Se acabó o crees que te reconciliarás?"

"Sin reconciliación". La nota en su voz fue definitiva, incluso si era un poco más aguda de lo que recordaba. Ali sabía que ese no era el final, pero no lo conocía lo suficiente como para seguir interrogando.

"¿Qué pasa contigo? Hermosa, segura de sí misma, propietaria de un negocio. Debe haber un hombre entre bastidores".

"Varios", dijo Ali.

"¿Alguien en particular?"

"Todos son particulares".

Apartó los ojos del camino para mirarla con las cejas arqueadas. "¿Cuántos son 'todos'?"

"No es una pregunta relevante, o la responderé", le dijo.

"¿Entonces el Pacto Matrimonial no funcionará para ti?"

"Yo no dije eso", dijo Ali, con una sonrisa burlona curvando sus labios.

"¿Qué estás diciendo?"

"No estoy seguro. Hay complicaciones que podrían surgir a partir de esta acción y no sé cuáles son todavía".

"¿Eso significa que lo pensarás?"

Después de un largo momento, dijo: "Lo pensaré".

Ambos permanecieron en silencio durante el resto del viaje. Cuando entraron al distrito de Princeton, Ali lo dirigió a su casa.

"¿Dónde lo quieres?" Preguntó Eric, llevando la pintura.

"Aquí, deslízalo entre las columnas". Ella lo llevó al área entre la sala y el comedor. Estaban separados por un par de columnas. Ali señaló un lugar que no obstruyera su entrada ni su salida. Eric apoyó el cuadro contra la pared y la siguió de regreso a la cocina.

"¿Quieres algo de beber?" ella preguntó.

"Gracias, pero necesito irme. Los mercados japoneses están abiertos y tengo algunas transacciones de las que ocuparme".

"Por supuesto", dijo Ali. Estaba un poco decepcionada de que él no se quedara. Se dirigió hacia el frente de la casa. En la puerta, se volvió para agradecerle su ayuda, pero una emoción repentina e inesperada se apoderó de ella. Ella lo miró a él. La idea de fingir con él no le sentaba tan mal como debería. Sus ojos recorrieron su rostro y se posaron en su boca. Ali pensó en inclinarse hacia él pero se detuvo.

"¿Hay algo mal?" preguntó.

Ella sacudió su cabeza.

"¿Pensarás en el pacto?" preguntó.

Ali asintió. "Yo prometí." Luego se sorprendió al agregar: "Podríamos hablar más sobre esto en algún momento". Ella dudó y eso no era propio de ella. "Después del cierre de los mercados, tal vez".

"Necesitamos saber más unos de otros", coincidió.

Ella asintió.

"Mientras piensas, aquí tienes algo que te ayudará".

Antes de que Ali supiera lo que iba a hacer, se inclinó hacia ella y ella no pudo evitar inclinarse hacia él. Su cabeza se levantó y sus talones se levantaron del suelo al mismo tiempo. Su boca se cernió sobre la de ella. Él tomó su rostro entre sus manos, primero una mano, luego la otra, acunándola. Ella percibió su olor. Las imágenes nadaban ante sus ojos. Los cerró mientras las emociones ardían dentro de ella. Un calor intenso la recorrió hasta que estuvo segura de que estaba brillando de color amarillo. Su boca se posó sobre la de ella. Fácil. No se apresuró ni se lanzó. Sus dedos se deslizaron por su cabello, peinándolo con facilidad como si saboreara la textura y el tacto de los mechones oscuros. Las palmas se deslizaron sobre sus hombros y con movimientos lentos y acariciantes recorrieron sus brazos y costados antes de envolverse alrededor de su cintura. La atrajo hacia él, posesivamente, su boca reflejaba las acciones de su cuerpo. Sintió el fuego de sus manos quemando la tela de su traje.

Ali había sido besada antes, pero nunca así, nunca con esta ternura, esta suavidad que era tan desconcertante como si la estuviera devorando. Sus brazos se estiraron hacia arriba, deslizándose sobre brazos que estaban duros como piedras. De puntillas, rodeó su cuello y se presionó contra él. Justo cuando su boca empezaba a acoplarse con la de él, él levantó la cabeza.

Ella no dijo nada. Sus ojos se cerraron y abrieron en respuesta. Su dedo en sus labios la dejó incapaz de hablar. Las emociones que la invadían eran nuevas, no experimentadas, fuera de su ámbito de experiencia. Pero estaban allí: puntos eléctricos punzantes que salpicaban su cuerpo, vibraban sobre su piel como una máquina de acupuntura ajustada que sólo se ocupaba del placer. La sensación era nueva.

Eric movió su mano y el momento se rompió, un tenue hilo roto.

"Ahora sabemos lo que es besarse".

Rodeándola, abrió la puerta. Ella ya estaba lo suficientemente cerca de él como para que el olor de su embriagadora colonia nublara sus sentidos. Rozar su duro cuerpo mientras le hacía espacio la hizo responder al puro impulso sexual de él.

La puerta se cerró con un clic y ella dejó escapar un largo suspiro. Ella era incapaz de hablar. ¿Cuándo un hombre la había hecho reaccionar así?

¡Y uno que su madre eligió personalmente!

* * *

Ali entendió que si aceptaba la sugerencia de Eric, los dos deberían mantenerlo en secreto, pero le contó todo a Diana. En esto necesitaba una segunda opinión.

"¿Entonces, qué piensas?" Preguntó Ali mientras terminaba de explicar la aparición de Eric en la boda, la pintura y su sugerencia. Omitió el devastador beso en la puerta de su casa.

Diana la miró boquiabierta y asombrada. "¿Te sugirió que fingieras estar enamorado?"

Al escucharlo dicho así y en un tono que decía que era increíble, Ali lamentó haber sacado el tema.

"¿Crees que funcionará?" -Preguntó Diana.

"No estoy seguro. Preferiría decirle a mi madre que se echara atrás, pero ambos sabemos que eso no funcionará".

Diana se inclinó hacia delante, con los brazos cruzados sobre el escritorio. "Déjenme hacer una pregunta diferente. ¿Estás considerando esto porque te atrae Eric? Alí vaciló. Aparentemente fue demasiado largo para Diana. "Supongo que esa es mi respuesta".

"Te dije que era guapo". En realidad era precioso. Tenía unos ojos increíbles, de color marrón claro con una franja de pestañas de las que cualquier mujer estaría celosa. Sus manos eran suaves cuando las tenía sobre su cara, pero ella podía sentir la fuerza en ellas. Su cuerpo era sólido y esa voz de dormitorio posiblemente podría deshacerla.

"En ese momento no dijiste que querías pasar tiempo con él. ¿Qué es esto, tu tercera cita? -Preguntó Diana.

"Aún no hemos tenido una cita".

"¿Qué fue la cena de la semana pasada y la boda del viernes?"

"Esos fueron encuentros casuales".

Diana le frunció el ceño, pero su rostro mostraba lo contrario. "Claro que lo eran", dijo sarcásticamente. "Pero en lo que respecta a tu pregunta, tendrás que decidir. Si lo haces para alejar a tu mamá, eso es una cosa. Pero si sólo quieres pasar tiempo con el chico y él contigo, estoy seguro de que ninguno de los dos necesita un disfraz".

Ali pensó en eso. Estaba confundida acerca de sus razones para considerar el Pacto Matrimonial. Ella nunca había querido casarse en el pasado. Aunque le encantaba planificar la boda de otra persona, nunca se le había ocurrido hacerlo por sí misma. Entonces Eric debería ser el candidato perfecto en su vida. No le gustaban las bodas, no quería tener nada que ver con felices para siempre. Entonces, ¿por qué Ali no aceptó el Pacto Matrimonial y aceptó sus planes? Haría felices a todos. ¿Realmente quería seguir viendo a Eric? Por supuesto, si lo hubiera conocido sola, no tendría ningún problema en salir con él. Pero en su forma habitual, como dijo Diana, Ali rápidamente pasaría a otra persona.

Había cierta química entre ellos. Ali lo sintió. Su boca se estremeció sólo de pensar en el beso que los dos habían compartido. ¿Era esa la razón? ¿Tenía miedo de pasar tiempo con él? Podrían volverse cercanos. ¿Eso fue tan malo? Diana y Scott no habían empezado con buen pie y ahora estaban felizmente casados. ¿Se estaba protegiendo Ali, poniendo barreras para evitar que su vida cambiara?

Ni ella ni Eric realmente necesitaban aceptar los deseos de sus padres. Era su propia mujer, con sus propias necesidades y planes. Entonces, ¿por qué estaba tan indecisa respecto a Eric?

* * *

Eric se miró en el espejo de su dormitorio. ¿Quién era este tipo?, se preguntó mentalmente. Nunca antes había actuado de esta manera. Le gustaba Ali. A él realmente le gustaba ella. Y ese era su problema. A él realmente le gustaba ella. De hecho, sentía como si sus sentimientos se estuvieran transformando en algo más, algo más. No tenía ningún sentido. Si hubiera habido un grupo de mujeres hermosas antes que él, Eric nunca la habría seleccionado como alguien a quien quería conocer, pero sí quería conocerla.

Agarró un suéter del cajón, se lo puso y dejó caer en el cesto aquel sobre el que había derramado cerveza. Luego fue a la cocina y destapó otra lata de cerveza. Se unió a su hermano frente al televisor de pantalla grande en su sala de estar, se dejó caer a su lado y le arrojó una lata.

Había un partido de béisbol en ESPN y Quinn lo estaba viendo. En el momento en que llegó, fue directo al televisor y encendió el juego. Cuando Eric se unió a él, apartó la vista de la pantalla por un momento. Quinn era el hermano atlético. No solo vio todos los eventos deportivos posibles, sino que en la escuela secundaria y la universidad jugó béisbol y tenis y compitió en atletismo. Seguía practicando tenis y trotando varios kilómetros al día. Eric no le envidiaba sus bíceps. Eric tenía su propia rutina de ejercicios que podía rivalizar con la de su hermano.

Eric sabía que Quinn lo había estado observando de cerca durante los últimos días. No creía haber cambiado desde que él y Ali hablaron sobre su Pacto Matrimonial, pero sabía que su observador hermano debía haber notado un cambio en él. Cualquier cosa que distrajera la atención de Quinn de un juego en curso tenía que ser importante.

"¿Qué estás pensando?" -Preguntó Eric.

"Que algo anda mal contigo".

"Estoy bien", dijo Eric.

"Desde que mamá te organizó esa cita a ciegas, no has sido el mismo".

"¿Qué cita a ciegas? Ha habido varios. A menudo puedo salir de ellos". Eric conocía la rutina con su madre. Ella lo llamaba, fingía preguntarle algo sobre inversiones o tener una pequeña charla, antes de mencionar que se había topado con fulano de tal de su pasado o que había conocido a una mujer muy agradable y soltera. y quién quisiera conocerlo.

Aparte de darle un rotundo no, algo que ya había hecho en una ocasión, los desanimó diciéndole que ya tenía una cita. A veces eso era cierto. A veces encontraba entonces una cita para hacer realidad la mentira.

"Sabes en qué fecha", dijo Quinn. "El que tuviste hace unas semanas".

Eric tomó un sorbo de cerveza. "¿En qué he sido diferente?"

"Estás más tranquilo".

"¿No eres tú el que siempre me dice que me calle para poder escuchar la televisión?" Dijo Eric, mirando la pantalla del televisor y tomó un sorbo de su cerveza para disimular la sensación incómoda que lo invadió.

"Nunca pensé que realmente lo harías".

"Me estoy haciendo mayor... y más sabio".

"No", dijo Quinn.

"¿No?"

"Estás envejeciendo, pero creo que podemos agradecer a la Sra. Sherly Granville por el cambio".

Eric se puso rígido. "Ella no tiene nada que ver con esto".

"No es lo que escuché".

"¿Qué quieres decir?" Eric frunció el ceño. "¿Qué has oído? ¿Y de quién?"

"Quiero decir, la palabra es que ustedes dos son pareja".

"¿Sí?"

"Es cierto." Apareció un comercial y Quinn presionó el botón de silencio en el control remoto. Se volvió hacia Eric. "¿Alguien se ha metido debajo de tu piel?"

Eric entendió lo que Ali quería decir con no pensar realmente desde el ángulo del engaño. Tenía la intención de defenderse de su madre. No había pensado que tendría que seguir fingiendo con todos los demás, incluidos sus hermanos. Pero cuanta menos gente supiera la verdad, mejor. Y aunque Quinn podía guardar un secreto, Eric decidió que no era el momento de revelar de qué habían hablado él y Ali.

"Tenía que suceder en algún momento", respondió Quinn. Eric odiaba mentirle a su hermano, pero si su engaño iba a funcionar, sólo ellos dos podrían saberlo. Y Eric estaba confundido por Ali. Ella pareció tocar algo muy profundo dentro de él y él no estaba seguro de qué era. Mantenerlo en secreto era lo correcto, se dijo a sí mismo.

"Esto lo dice el hombre que dijo que enamorarse no era para él. Que tenía intención de jugar en el campo el resto de su vida. Entonces conoces a Verónica". Quinn hizo una pausa y le dio a Eric una larga mirada. "Entonces eso no funcionó y encuentras a Ali. Dos de dos. ¿O Ali es un amor de rebote?

"Ali no se parece en nada a Verónica".

"¿Se parece más a Chloe?"

Eric se puso tenso. Su hermano sabía que no debía mencionar a Chloe. Pero Eric no quería dejar ver que su nombre lo perturbaba. Chelsea, de quien se separó de forma amistosa, nunca fue el tema de sus discusiones entre hombre y mujer. Pero ella tuvo un impacto en su vida al igual que las otras mujeres. Cloe era una historia diferente.

"Ella no se parece en nada a Chloe", dijo. No los había comparado, pero Ali era ella misma. Quizás por eso no pudo identificarla. Eric pensó en su beso. Durante los días siguientes, no pudo quitarse de la cabeza la sensación de tenerla en sus brazos. Le gustaba la forma en que su cuerpo se plegaba hacia el suyo como si perteneciera allí. Como si quisiera estar allí. Como si fuera el lugar adecuado para ella. Y él no quería nada más que seguir abrazándola.

Desde que decidió no volver a casarse nunca más, no había conocido a nadie que capturara su mente días después de conocerse como lo había hecho Ali. Eric se irguió en el sofá y se puso muy serio. Escudriñó a Quinn por un momento antes de preguntar: "¿Alguna vez has estado enamorado? Quiero decir, ¿realmente enamorado? ¿Alguna vez has deseado a una mujer más que cualquier otra cosa?

Quinn apuntó el control remoto al televisor y lo apagó. "Esto va a llevar algún tiempo".

Durante un largo momento Quinn miró fijamente a Eric. Los dos hermanos eran cercanos y rara vez se guardaban algo el uno del otro. Eric quería contarle sobre el pacto, pero todavía no.

"¿Crees que estás enamorado?" preguntó Quinn, rompiendo el hilo de pensamiento de Eric.

"No."

"Entonces, ¿qué piensas?"

"No estoy seguro. Creo que podría estar pasando por algún tipo de fase".

"¿Fase?" Quinn gruñó. "Eres demasiado mayor para las fases".

"¿Te ha pasado a ti, Quinn?" Eric preguntó seriamente.

Su hermano vaciló. Luego dijo: "Una vez".

"¿Con quien? ¿Qué pasó? ¿Por qué no sabía sobre esto?"

"Tienes tu propia vida y trabajas principalmente de noche".

"Trabajo con los mercados mundiales. Están abiertos hasta tarde", dijo Eric. "¿Qué pasa con la mujer de la que estabas enamorado?" "Obviamente no fue el amor de no puedo vivir sin ti, ya que todavía estoy aquí. Y esta conversación no es sobre mí", respondió Quinn.

"¿Mamá tiene algo que ver con esto?"

"Poco. Ella siempre se está entrometiendo en mi vida amorosa".

"Bueno, no has estado viendo a nadie de forma constante", dijo Quinn. "Y esa es una señal para que ella tome el control".

"Entonces ella me busca citas. Citas a ciegas."

Quinn sonrió. "Así que de eso se trata. Ella te consiguió una cita y sientes algo por ella.

"No totalmente. Quiero decir, Ali es una buena persona. Habría salido con ella por mi cuenta si mamá no hubiera interferido. Pero no estoy enamorado de ella".

"¿Qué pasa con Verónica y Chloe? ¿No estabas enamorado de ellos?

"Yo pensé que era. Verónica era toda flash".

"¿Y Cloe?"

"Nunca lo sabré."

* * *

El estacionamiento estaba casi vacío cuando Ali regresó de su última cita. Por lo general, le encantaba cuando había mucha actividad, pero no estaba de humor para lidiar con madres o novias demasiado entusiastas que querían una boda del tamaño de una estrella de Hollywood con un presupuesto que no permitiría una película de nivel B. . Durante los últimos tres días, Ali se sintió como si hubiera estado en un tiovivo. Había ido corriendo de una reunión a otra, haciendo malabarismos con los detalles, aprobando órdenes y haciendo todo lo posible por sacar a Eric de su mente. El trabajo no era nada comparado con los pensamientos de Eric. El esfuerzo resultó en un dolor de cabeza ya que ambos lados de su cerebro luchaban entre sí.

Las oficinas de Wedding by Diana se habían trasladado recientemente de un edificio pintoresco pero estrecho en el centro de Princeton a un entorno más espacioso en la periferia del municipio. Tenían un amplio estacionamiento y fácil acceso a las principales vías. Las oficinas eran más luminosas y mucho mejor organizadas, aunque Ali sabía que eso pasaba porque se habían mudado y puesto todo en un lugar nuevo y ordenado. Mantenerlo sería una tarea ardua, pero Diana era buena en eso.

Al abrir las puertas dobles de cristal, Ali equilibró los bultos en sus brazos y se dirigió a su oficina. Una carcajada la hizo detenerse justo dentro. La recepcionista levantó la vista y sonrió. Ali estaba acostumbrada a escuchar voces femeninas felices cuando regresaba de sus citas de la tarde. No estaba acostumbrada a oír risas masculinas a menos que Scott, el marido de Diana, hubiera pasado por allí. Este era un dominio decididamente femenino. Se oyeron más risas. Los latidos de su corazón se aceleraron cuando reconoció el sonido grave y masculino. ¡Eric! ¿Qué estaba haciendo aquí? De nuevo allí estaba él, sin previo aviso y desequilibrando sus emociones.

Dejó su cartera y sus paquetes en su oficina, respiró hondo, cuadró los hombros y entró en la oficina de Diana.

"Hola", dijo Ali.

Toda conversación se detuvo. Eric se puso de pie. Su sonrisa se iluminó cuando la vio y por un momento Ali casi olvidó que estaba enojada con él. Este era su lugar de trabajo y no necesitaba que él viniera a confundirla. Tenía demasiados detalles que recordar y él de alguna manera estaba invadiendo sus pensamientos y haciéndole difícil concentrarse.

"No me dijiste que Eric era un comediante", dijo Diana, con una sonrisa iluminando su rostro.

Ali miró de Diana a Eric. Su humor con ella no había sido cómico.

"Me ha estado deleitando con historias sobre algunas de las preguntas de sus clientes mientras te esperaba".

"Lo siento, llego tarde". Ali actuó como si lo hubiera esperado todo el tiempo, lo cual no fue así.

Eric se despidió de Diana y siguió a Ali a su oficina. "¿Teníamos una cita que no conozco?" preguntó en el momento en que cerró la puerta. "Porque no te tengo en mi calendario y soy muy bueno haciendo un seguimiento de las personas que se supone que debo conocer".

"No podía esperar más", dijo.

"¿Para qué?" Ali frunció el ceño. La confusión tuvo que reflejarse en su rostro.

Se tomó un momento para mirar a su alrededor. En las paredes colgaban retratos de bodas. En un rincón había libros de tela. Muestras de velos de red colgaban de un estante cerca de una mesa de conferencias.

"Para obtener tu respuesta. Pensé que esta configuración podría generar una respuesta positiva".

"¿Y eso es lo que quieres?"

"Creo que podría beneficiarnos a ambos".

Por alguna razón, Ali pensó que se refería a su beso.

"Y... mi madre llamó", finalizó. "¿Terminaste por hoy?"

La pregunta fue un cambio abrupto de tema y con la misma brusquedad su corazón dio un vuelco. Había unos cientos de detalles que requerían su atención, pero podían esperar hasta mañana. Ella asintió.

"¿Por qué no vamos a algún lado y hablamos?"

Ali miró la pila de bultos que había traído consigo. Por lo general, dedicaría tiempo a organizarlos. Revisaba las notas que había tomado durante sus reuniones y las ponía en los archivos adecuados o preparaba su lista de tareas pendientes para el día siguiente. Sin embargo, cuando Eric le preguntó sobre su tiempo, los latidos de su corazón aumentaron. Ella quería ir con él.

Receta casera de pastel de carne australiano

Receta casera de pastel de carne australiano

Página 17

Un momento después le dieron las buenas noches a Diana, cuyo rostro ocultaba una sonrisa, y salieron de la oficina. Diez minutos más tarde, se sentaron en una pequeña mesa en un bar local donde la camarera se dirigió a Eric por su nombre.

"¿Viene aquí a menudo?" Ali bromeó cuando la mujer se fue a buscar sus bebidas.

Él sonrió y parecía incómodo.

"No tienes que responder a eso", dijo, todavía burlonamente en su voz. "Este es un pueblo pequeño."

"Estoy seguro de que hay lugares donde te reconocen", le dijo.

"Muchos de ellos", admitió. "Mi trabajo lo requiere".

"El mío también", dijo. "De verdad", repitió ante su mirada escéptica. "Dependiendo del mercado, mis horarios pueden ser impredecibles. A menudo, este es el único lugar donde conseguir comida después de medianoche".

"¿No hay cafetería en la empresa de su propiedad?"

"A medianoche está vacío y prefiero algo más que una dieta de patatas fritas y chocolate".

Ali no respondió. Le recordaba al chocolate, de esos que son oscuros y agridulces, pero con una buena dosis de leche. Por un momento, quiso saborearlo, ver si ese cuerpo tenía la misma sensación y textura del chocolate que se derrite en la boca. Una vez, Ali había planeado una boda de chocolate. Todo, desde el pastel hasta las bandejas que contenían los múltiples brebajes azucarados, estaba hecho de chocolate: chocolate negro, chocolate con leche, chocolate blanco. Algunos con nueces. Otros con diseños a base de fresas, frambuesas o arándanos secos. Se imaginó a Eric completamente esculpido en un rico sabor lechoso que le haría doler los dientes.

"Vino blanco", dijo la camarera, colocando una copa frente a Ali y rompiendo sus reflexiones mentales. Puso un vaso de cerveza frente a

Eric, vertió el líquido color miel en el vaso frío y los dejó con una sonrisa amistosa.

Ali sorbió el vino seco.

"¿Qué será?" Eric sacó a relucir el tema que ella había estado temiendo.

"¿Estás seguro de que esto funcionará?" Ali vaciló en su decisión. Había hablado con Diana, pero pensar en su madre le había puesto el pulso al límite.

"¿Cómo puede fallar?" -Preguntó Eric. "Tener algunas citas inofensivas encajará perfectamente en sus planes".

"¿Y las novias?" Preguntó Ali, usando intencionalmente el plural. "¿Supongamos que nos comprometemos con esto y la mujer que deseas por encima de todas las demás entra en tu vida? ¿Cómo le vas a explicar? ¿O el cambio de mujer hacia tu madre?

Había visto cambiar la expresión de su rostro. Había una mujer en su pasado. El proverbial que se escapó.

"Eso no es probable que suceda", dijo.

"¿Qué hay de mí? Mi único podría aparecer inesperadamente".

Trató de disimular su sorpresa, pero Ali vio que la ceja se elevaba sobre su ojo izquierdo antes de forzarla a volver a su lugar.

"¿Existe alguna posibilidad de que eso ocurra?" Se inclinó hacia adelante, sosteniendo su cerveza con ambas manos y habló en voz baja.

"Podria. No vivo en un convento".

Esperó un momento como si estuviera sopesando sus opciones. No tenía opciones. "No te obligaría a cumplir los términos. Estoy seguro de que a tu madre le alegraría aún más saber que su hija había encontrado al hombre adecuado.

Ali entendió la implicación. No era el hombre adecuado. Esto no estaba saliendo como ella esperaba. Sintió como si de alguna manera hubiera lastimado a Eric, aunque no sabía cómo.

"En ese caso", comenzó Ali, "sabiendo que un verdadero romance con otra persona puede complicar las cosas y lo haría, acordamos poner fin a esta simulación antes de tiempo si eso sucediera". Ella lo miró fijamente. "¿Acordado?"

"Acordado." Eric levantó su copa y chocó con la de ella para sellar el trato.

"Entonces, ¿cómo empezamos?" ella preguntó.

"Ya hemos comenzado".

El beso que habían compartido vino a la mente de Ali. Ella no sabía si a él le gustaban las demostraciones públicas de afecto, pero sus novios no tuvieron problemas para hacerle saber al mundo que habían encontrado a esa persona especial.

"Necesitamos conocernos unos a otros, así que si nuestros padres nos interrogan, tendremos historias similares".

"¿Similar? ¿No es el mísmo?"

Sacudió la cabeza. "Cuando mi papá cuenta una historia, mi mamá siempre corrige sus detalles".

"¿Eso también sucede al revés?"

"Puedes apostar que sí y es divertido de ver".

Durante las siguientes dos horas, con una variedad de deliciosos aperitivos, Ali y Eric disfrutaron de su primera cita. Intercambiaron historias sobre hermanos, universidades a las que asistieron, pros y contras de sus trabajos, trabajos anteriores, comidas que les gustaban y no les gustaban, colores favoritos, cosas que le molestaban. A Ali le resultó extremadamente fácil hablar con él y su humor no era tan seco como ella había pensado originalmente.

Mientras la camarera reemplazaba la tercera copa de vino de Ali por una taza de café, Ali sacó a relucir el tema que toda pareja que tiene una relación seria debería conocer: las relaciones pasadas.

"¿Por qué rompisteis tú y tu última novia?"

Eric tosió y se movió en su asiento. Ali le había hecho su pregunta después de terminar un sorbo de café. Ella esperaba su reacción y no quedó decepcionada. Tuvo que contenerse para no reírse de su sorpresa.

"¿Por qué es eso relevante?"

ALGUIEN COMO TU: ¿EL PLAN PERFECTO TIENE UN FINAL SORPRESA?

45

"Por varias razones", dijo, inclinándose hacia él. "Me dará una idea de tu carácter si eres totalmente honesto. Y me dirá algunos de los errores que debo evitar. También puede decirme algunas cualidades que tus padres compararán en mí. Pero llegaremos a los padres más tarde. Sigamos con la novia por ahora".

Eric se reclinó en su silla y se cruzó de brazos. Llevaba un suéter de punto irlandés color crudo que contrastaba con la oscuridad de su piel. "Se llamaba Verónica y no éramos compatibles".

"Estoy seguro de que hay más que esas pocas palabras. Y tu renuencia a hablar de ella me dice que el final de la historia aún se está desarrollando.

"Se acabó", dijo. "Realmente no nos caíamos bien. Ella no hizo ningún esfuerzo por conocerme". El pauso. "Ella nunca profundizó en mis gustos o sueños como lo has hecho tú en las últimas horas. Y lo estás haciendo fingiendo. Con ella se suponía que era real".

"Entonces, ¿cómo os convertisteis en pareja?"

"Con mis horarios es difícil conocer y mantener relaciones. Por eso mi madre". Se detuvo un momento para mostrarle una sonrisa.

"¿Tu madre te presentó a Verónica?"

"Conocí a Verónica en una fiesta dada por un colega de negocios. Era divertida, muy divertida, hermosa. Me encontré con ella varias veces al azar. Un día acordamos encontrarnos. A partir de entonces fuimos pareja".

"Y luego la encontraste con otro hombre".

Eric jadeó. "¿Como supiste?"

"Tenía algunas pistas. Tus horas. El hecho de que nunca dijiste nada sobre estar enamorado. O era otro hombre o no contabas con la aprobación del rey. El rey es su padre. Y como también omitiste un rey, tenía que ser un hombre". Ali lo miró fijamente, pero él no dijo nada. "¿Y ahora has renunciado a todo mi sexo?"

"Algo así", admitió.

"Verónica no pudo haber sido la primera. Pero debes haber sentido algo por ella que ella no sentía por ti. Algo profundo y aterrador".

Eric se aclaró la garganta. "¿Podemos cambiar el tema? Creo que ahora es tu turno. ¿Quién es el que se escapó en tu pasado?

"No lo he conocido todavía".

"¿Y cuántos años tienes?" -preguntó con mirada humorística y escéptica.

"Treinta, ¿por qué?"

"Sé que ha habido alguien especial en tu vida, además del tipo que todos son especiales. ¿Cuál se destacó?

Ali dudó por un largo momento. Sabía que tenía que responder. Eric había respondido a sus preguntas. Y ella fue quien abrió este diálogo. Era justo que ella le dijera la verdad.

"Lo llamábamos Chad, pero su nombre era Charles Davis. Éramos novios en la secundaria". Se detuvo, miró a Eric y permaneció en silencio por unos momentos. "Nos conocíamos desde la cuna. En la escuela primaria, cuando los niños y las niñas descubren que no somos las criaturas tristes que cada uno creía que era el otro, Chad y yo éramos pareja".

Ali sonrió al recordar los buenos momentos que pasaron.

"¿Qué pasó?" Eric preguntó en voz baja.

"Permanecimos juntos durante toda la escuela secundaria. Fue mi cita para los bailes de graduación de junior y senior".

"Luego llegó la universidad", añadió Eric.

Ali asintió. Su sonrisa desapareció y el dolor que había sentido hace tantos años regresó. No tan nítido. No tan crudo. Pero sigue presente. Ali supuso que hasta que alguien reemplazara esos sentimientos en ella, tendría este lugar que no estaría lleno.

"Se fue al noreste. Fui a Stanford".

"Déjame adivinar. Encontró a alguien más en la universidad".

Ella sacudió su cabeza. "No en la universidad. Hizo una pasantía de verano para un banco internacional. Estaba muy emocionado de pasar el verano en Suiza. Allí la conoció".

"¿Cuánto tiempo tomó superarlo?"

Ali bajó la barbilla y lo miró. "¿Es esa la pregunta que realmente quieres hacer?"

"La percepción vuelve a hacer efecto", admitió. "¿Alguna vez lo has superado?"

"Creo que sí."

"Pero...", instó.

"Diana no estaría de acuerdo conmigo". Antes de que pudiera preguntar qué significaba eso, Ali explicó. "Diana cree que no tengo citas en serio porque nunca superé a Chad".

Eric se acercó y su voz era baja y conspiradora cuando habló. "Ya que estamos desnudando nuestros corazones aquí, en el fondo de sus corazones, ¿es esa la verdad?"

Ali no tuvo que pensar en ello, pero se tomó un momento para dejar que la pregunta ganara peso. "Al principio lo hice. Después de un par de años, descubrí que dependía de mí decidir si iba a dejar que mi vida fuera determinada por ese incidente o si iba a recoger los pedazos y desarrollar mis habilidades".

"¿Desde la universidad no has tenido una relación seria?"

"Como dije, simplemente no he encontrado al tipo adecuado". Ella sonrió y volvió a tomar un sorbo de café. "Y es por eso que mi madre está en pie de guerra para cazar marido". Ali se rió con la esperanza de aligerar el ambiente. "¿Fue Verónica el catalizador de tu mamá?"

Eric negó con la cabeza. "Mi mamá ha estado en el camino del matrimonio desde que yo tenía edad suficiente para tener citas. Tenemos un chiste familiar: podemos ver las ruedas de su cabeza girar cada vez que uno de nosotros tiene una segunda cita".

"Supongo que ella no es una de esas madres que mantienen a sus hijos atados a sus delantales".

Eric negó con la cabeza. "Ella es de las que corren con tijeras. En secreto, creo que ella siempre quiso una hija".

Ali se preguntó qué habría pensado su madre de su ex esposa, Chelsea, y Verónica. ¿Las había abrazado pensando que serían su nuera? ¿Había soñado que una de ellas sería la hija que quería?

Ali se preguntó dónde encajaría ella en la mezcla. ¿Podría cumplir esos requisitos? ¿Lo haría cualquier mujer, o su madre tenía requisitos específicos que quería en la esposa de su hijo?

"¿Qué va a pensar ella de mí?"

Eric se acercó y tomó la mano de Ali. "Ella estará más que encantada".

Capítulo 4

Ali ladeó la cabeza y escuchó. Oyó el portazo de los coches. Sus padres habían llegado. Su madre ya estaba corriendo hacia la puerta cuando Ali la abrió. Agarrando a Ali y abrazándola en un abrazo de oso que podría romperle la espalda a una persona normal, su madre estaba realmente feliz de verla. Liberada, Ali abrazó a su padre, no tan exuberantemente como el abrazo de su madre. Aún así estaba feliz de ver a sus padres.

De la nada, su madre llamó el lunes para decirle que vendrían a mitad de semana. Ali tuvo que trabajar el doble para tener todo en orden para la boda del fin de semana que tenía en su calendario y tomarse un día libre para pasarlo con sus padres.

"Esto es una sorpresa. ¿Acabas de decidir venir de visita? -preguntó Ali. "No es que no me alegro de verte". Cuando su mamá llamó, no le dio ninguna otra información excepto que se acercaban para dos días y que tenía que apresurarse y terminar de empacar.

"Estoy dando una conferencia", dijo su padre. "Al parecer, el orador principal del simposio de periodismo de Princeton está enfermo. Me pidieron que lo sustituyera".

"Estoy impresionado", dijo Ali con una sonrisa y un abrazo.

Como propietario/editor de un periódico de una pequeña ciudad, Kevin Granville encontró una amplia distribución gracias a sus diversos editoriales. Esta no era la primera vez que las universidades le pedían que hablara, pero sí la primera vez que iría a la Universidad de Princeton. Y le dio a Ali la oportunidad de ver a sus padres además de días festivos como Acción de Gracias y Navidad.

"Pasen. He preparado el almuerzo", les dijo Ali. "Te ayudaré con tu equipaje".

"Sin equipaje", dijo su madre. "La universidad nos alojó en un hotel. Ya hemos dejado nuestras maletas".

Entraron a la casa y Ali fue directo a la cocina.

"No voy a comer mucho", dijo su mamá. "Tenemos planes para cenar. Nos vamos a Smithville".

Esta era la primera vez que Ali escuchaba algo sobre esto. Por supuesto, la universidad podría invitarlos a cenar, pero Smithville tenía que estar a cien millas al sur de la ciudad universitaria.

Durante un almuerzo de ensaladas frías y salmón asado, el padre de Ali describió su conferencia. Ali hizo muchas preguntas. Se dio cuenta de que su madre estaba ansiosa por hablar de Eric, y aunque el interés de Ali en el programa de su padre no era tan fuerte, mantener a raya la cruzada de su madre era a la vez divertido y agotador.

"Ali, no quiero cambiar la conversación, pero ¿dónde está el cuadro que me trajiste?" Su madre finalmente logró intervenir en la discusión.

"Está en el comedor". Se volvió hacia su papá. "Tendrás que llevarlo a cabo. Es un poco más grande de lo que mamá me hizo creer".

"Tenías a Eric allí para ayudarte", dijo Gemma Granville. "No pensé que tendrías ningún problema".

Ahí estaba, pensó Ali. Había incluido el nombre de Eric en la conversación. Esta era la oportunidad que había estado esperando. Y no habría manera de detener su investigación para obtener más detalles.

"Gracias a ti y a su madre". Ali miró a su madre, dándole esa mirada de que deja de interferir. Pero Gemma se limitó a sonreír.

A su marido le dijo: "Kevin, ¿podrías cogerlo y ponerlo en el coche?".

La mirada que su padre le dio a su madre era una que Ali había visto muchas veces. Sabía que ella estaba en una cruzada y, cualesquiera que fueran sus esfuerzos, ella no se descarrilaría.

"Está entre las columnas", indicó Ali.

A solas con su mamá, Ali tomó su taza favorita del gabinete y otra para su mamá. Los llenó de café y regresó a la mesa.

"Me sorprendió que Eric no estuviera contigo", dijo su madre mientras sorbía el líquido caliente.

"Es el aniversario de sus padres y él les dará una cena".

"Oh, ¿él no te invitó?"

"Mamá", advirtió. "No estamos unidos por la cadera".

"Todavía no", susurró su madre. Ali no pensó que se suponía que debía escuchar eso. Al menos le dio a su mamá el beneficio de la duda.

"Me gusta", dijo Ali, bebiendo de la taza y comenzando su subterfugio.

Su mamá sonrió. "¿Crees que él podría ser el indicado?"

El tono esperanzador de su voz hizo que Ali se sintiera culpable. Odiaba el engaño, pero había aceptado esta propuesta falsa, así que tenía que seguir adelante.

"No estoy segura", dijo. "Pero vamos a seguir viéndonos. Dondequiera que vaya, va".

"Ese es un comienzo".

Le dio unas palmaditas en la mano a su hija de la misma manera que lo había hecho cuando Ali era una adolescente desgarbada que necesitaba su consejo maternal.

"Mamá, no te hagas ilusiones. Puede que esto no funcione. Nos hemos visto un par de veces".

"Pero aceptaste otra fecha", afirmó su madre.

Ali asintió. "Nos gustamos lo suficiente como para intentarlo".

"Bien." Su madre juntó las manos.

"Para", dijo Ali. "Esto te entusiasmará y podría terminar en cuestión de semanas". Ali sabía que todo terminaría en poco tiempo. Ella y Eric ya habían fijado su fecha de vencimiento.

"Oh, no seas tan negativo", dijo su madre. "Él podría ser lo mejor que te haya pasado. Dale tiempo." Después de otro sorbo de café, dijo: "Hablando de cenar, estás invitada, así que espero que tengas algo elegante que ponerte. Quiero decir, algo especial".

No habían estado hablando de la cena, pero era un tema más seguro que Eric, así que Ali dejó que ocurriera el cambio. Por supuesto que tenía un bonito vestido. Su madre sabía que Ali tenía un armario lleno de ropa para cada ocasión. Sin embargo, sentía que Ali necesitaba impresionar a alguien que asistiría a la cena, alguien que probablemente podría ayudar a su padre. Se preguntó qué vestía su madre. "La universidad debe estar haciendo todo lo posible por papá".

"Oh, lo son".

Ali descubrió por qué necesitaba el vestido especial varias horas después, cuando su padre entró en el estacionamiento de un restaurante a demasiadas millas de casa como para que Ali no sospechara.

"Esto está muy lejos de Princeton", comentó Ali mientras salían del auto.

"He oído que la comida es buena", dijo su madre. "¿Has estado aquí antes?"

"He realizado un par de bodas aquí. Y la comida es realmente buena".

"Es hermoso." Su mamá se tomó un momento para mirar el pequeño pueblo. Cada tienda estaba completamente delimitada por pequeñas luces blancas. Ali sabía que el área estaba iluminada de esta manera todo el año.

"Si alguna vez organizas tu propia boda, probablemente puedas utilizar este lugar como lugar para una recepción".

El mensaje de su madre no pasó desapercibido para Ali. Ella lo ignoró y miró el edificio. El lugar era enorme y tenía un estacionamiento grande. Cuando vivía en Princeton, comprendía la necesidad de contar con estacionamiento adecuado, ya que era un bien escaso en la ciudad universitaria.

El interior del lugar era cálido y acogedor. No escuchó a su padre decir su nombre, pero pasaron por alto a todas las personas en la sala de espera y siguieron a la recepcionista a una habitación contigua.

Todo el entrenamiento y la experiencia de Ali para mantener la calma y controlar sus emociones la abandonaron cuando entró en la sala de fiestas privada. Ella jadeó. Eric se sentó en una mesa en forma de U con personas que obviamente eran sus padres. Supuso que los demás eran sus hermanos y sus citas. Él le había dicho que ninguno de sus hermanos estaba casado.

Eric se levantó lentamente y la miró fijamente. "Wow", dijo, tomándose un largo momento para mirarla de arriba abajo. Ali sintió que un sonrojo la cubría, pero no podía negar que le gustaba la forma en que él la hacía sentir. Ahora entendía por qué su madre insistía en comprobar qué llevaba puesto. El vestido negro de lentejuelas, largo hasta las rodillas, yacía desordenado en el suelo de su armario, donde había caído cuando su madre lo rechazó por la gasa escarlata sin tirantes que ahora llevaba.

Eric se separó del grupo y se paró frente al grupo de tres personas. La besó ligeramente en los labios. "No sé qué está pasando", susurró. Luego, en voz más alta, dijo: "Déjame tomar tu abrigo", como si la estuviera esperando. Ella le entregó la cortina que tenía sobre su brazo y él la colocó en una silla desocupada en una mesa vacía. Aparentemente, el grupo de invitados reunidos eran los únicos ocupantes de la habitación.

Ali presentó a sus padres. Detrás de él, la madre y el padre de Eric se habían levantado y ahora estaban frente a ella. Eric presentó a Merle Sullivan y a la Dra. Ann Sullivan, y Ali ya sospechaba que su madre conocía a la madre de Eric. El padre de Eric era el director ejecutivo de una compañía de seguros mediana. Era un hombre corpulento, de más de seis pies de altura y con un cabello ralo que era una mezcla de gris y negro. La doctora Sullivan era baja y menuda. Llevaba el pelo cortado casi hasta el cuero cabelludo, lo que hacía que su rostro fuera fuerte y prominente. Sin embargo, su sonrisa era hermosa y Eric había apartado sus ojos de ella. Ali no tuvo tiempo de procesar toda la información porque los otros miembros de la familia rápidamente se unieron a la pequeña congregación. Galen y Quinn eran los hermanos de Eric. Ambos tenían citas y Ali se preguntó si ellos también estaban en el lado receptor de la búsqueda de su madre de tener hijos casados.

Eric deslizó su brazo alrededor de su cintura y ella sintió el calor fluir hasta los dedos de sus pies. Mientras todos se dirigían a la mesa para volver a tomar asiento, Eric tomó su mano. Los dos se quedaron detrás de los demás, permaneciendo cerca de la entrada.

"No fue idea mía. Casi me trago los dientes cuando ustedes tres entraron", dijo. Se detuvo y miró por encima del hombro. "Pero puedo ver la mano de mi madre en esta... coincidencia".

"Bueno, supongo que es hora de que entremos en acción", dijo en voz baja. "Prepararse."

"¿Para qué?"

"El programa Gemma Granville Marry My Daughter".

* * *

Eric casi se rió de eso. Ali no tenía forma de saber que su madre podría defenderse en lo que respecta a sus hijos y los matrimonios que aún estaban por llegar. Quinn y Galen no eran inmunes a las maquinaciones de su madre, pero esa noche no estaban en primera línea.

Eric miró a Quinn y notó la sombra de una sonrisa en el rostro de su hermano. Casi podía oírlo preguntar: ¿Es ella la indicada? Eric no tenía respuesta para eso. Había algo indefinible en Ali, pero hasta el momento los dos sólo estaban tratando de resolver el problema entre ellos y sus madres excesivamente entusiastas.

"¿Ustedes dos van a quedarse allí toda la noche o se unirán al resto de nosotros?" Quinn llamó desde su lugar al otro lado de la habitación.

Eric y Ali se volvieron hacia Quinn y la mesa de espera. Eric le puso la mano en la espalda y la empujó hacia la mesa en forma de U que había sido dispuesta festivamente para un aniversario. Tanto las sillas como las mesas estaban cubiertas de blanco. Los cubiertos estaban dispuestos para una comida de seis platos. Eric no estaba seguro de sobrevivir.

Los dos tomaron asiento. "Perdón por retrasar las cosas", se disculpó Ali con los padres de Eric.

"No te preocupes por eso". Su madre hizo a un lado sus disculpas. Puso una mano sobre la de su marido y continuó. "Recordamos cómo era estar recién enamorado".

Las orejas de Eric deberían haberse deslizado de su rostro ante la cantidad de calor que destelló dentro de él tan rápido que toda la habitación tuvo que verlo. Al mirar a Ali, se sorprendió al verla sonreír.

"¿Crees que es gracioso?" él susurró.

"Gracioso." Luego prestó atención a sus padres. "Eric no me dijo cuánto tiempo llevas casado".

"Esta noche celebramos treinta y ocho años", respondió su padre por primera vez desde su presentación. Él sonrió, una sonrisa que Eric había visto muchas veces y sabía que era genuina.

"Años felices." Quinn levantó su copa y brindó por ellos.

"¿Te imaginas estar casado tanto tiempo, Ali?" preguntó su madre.

"Madre, no puedo imaginarme estar casada durante un año, y mucho menos varias décadas. Pero..." Hizo una pausa y tomó la mano de Eric. El de ella era cálido y tranquilo, mientras que el de él, a pesar del calor que se generaba en su cuerpo, estaba helado. Se preguntó a dónde quería llegar con esto. "... tal vez algún día nos volvamos a reunir todos para celebrar un aniversario y yo responda esa pregunta".

Eric pensó que su madre iba a levantarse de la silla. La sonrisa en su rostro rivalizaba con el tamaño de su plato. Quinn parecía atónita. La boca de su hermano Galen se abrió y el rostro de la madre de Ali reflejó el de su cómplice.

"Espera un minuto", dijo Galen. "¿Me estás diciendo que ustedes dos hablan en serio?" Señaló de uno a otro con los dedos índices de ambas manos.

Eric se aclaró la garganta. "Bueno, no nos conocemos desde hace mucho tiempo, pero..." se detuvo para lograr el efecto y la necesidad de tragar el montón de mentiras que estaba a punto de decir "...las cosas están progresando".

"¿Progresando?" Galeno repitió.

Ali asintió. "Espero que no tengas objeciones". Miró directamente a Galen y luego se volvió hacia sus padres.

La mamá de Eric extendió las manos. "Estamos emocionados". Luego, un momento después, continuó: "Por supuesto, queremos que ustedes dos estén seguros".

Eric observó el movimiento de las cabezas. Sabía que las dos madres en esta sala ya habían decidido que estaban más que seguras.

* * *

Ali se sostuvo los costados, vacilando en los escalones de su porche, mientras se reía por centésima vez durante el viaje de noventa minutos de regreso a Princeton. Ella y Eric habían repasado los acontecimientos de la noche desde que salieron del restaurante y subieron a su coche. Eric conducía y Ali se alegraba de no tener que negociar los caminos oscuros mientras las lágrimas a veces corrían por sus mejillas por algún comentario o acción que una o ambas madres habían hecho.

Abrió la puerta de su casa y ambos entraron al vestíbulo poco iluminado.

"Si no paras", le informó a Eric, "tendré que ir al hospital para que me cosen los costados". Respiró entrecortadamente, tratando de controlar el dolor en los costados, pero empezó a reír de nuevo. Hipando, se detuvo.

"Pido disculpas por mis padres", le dijo después de un momento.

"Fue tanto culpa de mi madre como tuya".

"Nos tendieron una emboscada".

"Pero estábamos listos. Estoy seguro de que ambos regresaron a casa como almas felices".

Le sonrió a Ali y eso casi fue su perdición. Cada vez que lo veía, su corazón se aceleraba y su estómago sentía como si mariposas jugaran dentro de ella.

"¿Quieres algo para comer?"

"Me muero de hambre", dijo. "No pude comer nada durante la cena".

"Lo sé." Ali se dirigió a la cocina. "Entre tus hermanos y nuestros padres, tenía miedo de ahogarme si intentaba tragar algo".

Ali empezó a reír de nuevo. Las lágrimas acorralaron sus ojos y usó las yemas de los dedos para secarlas.

"Quin." Hizo una pausa y respiró profundamente. "Cuando Quinn le preguntó a tu mamá dónde escondía mi vestido de novia y la habitación quedó en un silencio sepulcral, pensé que podría responder que estaba en el armario de los abrigos".

Eric se rió. "Entonces Galen se unió a..." Se detuvo cuando ambos recordaron que a su hermano se le ocurrió lo mismo sobre dónde estaba ubicado el vestido. "Y luego agregó que el ministro probablemente vendría a tomar el postre y celebraría las nupcias".

"La expresión del rostro de tu madre no tenía precio, aunque tenía mucho miedo de que mi madre dijera que todo era verdad", dijo Ali.

Las carcajadas continuaron. Ali sostuvo su cabeza. Toda la risa lo hacía palpitar. Se obligó a controlarlo y entró en la cocina.

Eric la siguió. "¿Puedo ayudar con algo?" preguntó mientras ella abría el refrigerador.

Ali se detuvo y lo miró fijamente. "¿Sabes cocinar?" ella preguntó.

"Se me conoce por hervir agua", dijo. "Y hago unos macarrones con queso estupendos. Si me presionan, puedo hervir espaguetis y abrir un frasco de salsa".

Ali sonrió. "No estoy acostumbrado a tener a nadie en mi cocina, así que ¿por qué no pones la mesa?" Señaló los armarios que contenían platos, vasos y cubiertos. "¿Tu madre también encuentra citas para tus hermanos?" -preguntó Ali.

"A menudo", dijo. "Amenazaron con aceptar trabajos lejos de casa si ella no paraba".

"¿Y eso funcionó?" Parecía una solución fácil. Ali sabía que no funcionaría para ella. Su madre todavía le buscaba citas a ciegas y vivía a dos horas de distancia, además trabajaba muchos fines de semana.

"Durante aproximadamente una semana".

"¿Quiénes eran las mujeres en el aniversario? ¿También fueron hallazgos de madres?

Eric negó con la cabeza. "Durante el proceso de planificación, ambos dijeron que traerían sus propias fechas. Aunque sólo íbamos a ser una familia, sabíamos que nuestra madre haría algo inesperado".

"Yo", dijo Ali.

Eric asintió. "Debería haberme dado cuenta cuando noté los cubiertos adicionales, pero nunca pensé que te vería entrar por la puerta".

"Mi madre me hizo creer que íbamos a una cena con los organizadores de la universidad. El hecho de que fuera en Smithville fue un poco inusual, pero no esperaba unirme a la cena de tus padres.

Minutos más tarde estaban sentados a comer tortillas, salchichas, tostadas y café descafeinado. Sólo tomó unos minutos cocinar y menos aún comer. Ali llenó sus tazas con más café y añadió crema a la de ella. Eric bebió su negro.

"Esta es una comida mejor que el bistec que comí esta noche", dijo Eric.

"Anoche", corrigió Ali. "Será de día en tres horas".

Eric llevó los platos al fregadero y los enjuagó. Ali se levantó y se unió a él. Juntos terminaron los platos y llevaron sus tazas a la sala.

"¿Cansado?" Eric preguntó cuando Ali se hundió en el sofá. Él se reunió con ella allí.

"Un poco", dijo, reprimiendo un bostezo. "Tendrás que ir directamente a la oficina, si es que no deberías estar allí ya".

"Me registré antes de salir de Smithville. Me imagino que el mundo de las finanzas no colapsará antes de mañana".

Él la rodeó con el brazo y ella se inclinó hacia él. Ali comenzó a reírse.

"¿Que es tan gracioso?" -Preguntó Eric.

"Mi mamá, cuando me preguntó si podía imaginarme estar casado treinta y ocho años".

Eric también se rió. "Estoy seguro de que tu respuesta no fue ideal para ella, pero la resististe".

"Me pregunto qué habría pensado si realmente hubiera dicho lo primero que me vino a la mente".

"Lo cual fue...", incitó Eric.

"Treinta y ocho años con el mismo hombre. Me estremezco al pensar". Ella se estremeció y se rió, pero Eric no se unió a ella a pesar de que tenía el brazo alrededor de sus hombros.

"¿Alguna vez lo has pensado realmente?" Su voz se volvió seria. Él sostenía a Ali en sus brazos y ella no podía ver su rostro, pero podía sentir la tensión que de alguna manera se había infiltrado en su cuerpo.

Ali retrocedió para mirar a Eric. "Nunca pensé en casarme", respondió ella.

"¿En realidad?" Las cejas de Eric se arquearon.

"En realidad."

"Planeas bodas. El matrimonio debería ser lo primero que tengas en mente".

"O el último", dijo.

"Ves cientos de parejas dando su último aliento al amor. Diseñas el vestido perfecto y regalas la boda de fantasía a desconocidos. ¿Y nunca imaginaste que algún día sería tu turno?

Ali dudó mucho tiempo. "Lo hice una vez", dijo. "El primer vestido que diseñé fue con el que quería casarme".

"¿El novio?"

Ella sonrió brevemente. "No había ningún novio. Sólo mi fantasía del hombre perfecto. Pero hice el vestido y le añadí el encaje más fino. Era perfecto, por dentro y por fuera, y encajaba en cada parte de mí".

"Apuesto a que eras una novia hermosa. Me gustaría verlo."

Ali estaba negando con la cabeza antes de que Eric terminara su frase.

"¿Por qué no?" Sus brazos la rodearon con más fuerza.

"Lo vendí."

"¿Por qué?"

"Cuando lo terminé, lo llevé a la oficina para que Diana lo viera. Ella insistió en que me lo pusiera. Mientras me vestía entró una clienta. Diana la estaba ayudando cuando regresé. La mujer vio el vestido y le encantó. Le encantó tanto que las lágrimas rodaron por su rostro. Ella quería comprarlo. Diana le dijo que no estaba a la venta, pero siguió preguntando a qué lo venderíamos. Estaba dispuesta a pagar cualquier cosa. El negocio era nuevo. Necesitábamos el dinero".

"¿Entonces lo vendiste?"

"Lo vendí."

"¿Remordimientos?"

"Por un tiempo, pero ya no".

"¿Ahora eres un cínico?"

Alí se rió. "¿A mí? ¿Qué pasa contigo?"

"Está bien, los dos somos cínicos", estuvo de acuerdo.

"Es bueno que nos hayamos encontrado".

"¿Sabes que eres la mujer más intrigante que he conocido?" él dijo.

"¿En realidad?" Ali sonrió. "¿Porqué es eso?"

"Nunca sé lo que estás pensando o lo que vas a decir".

Ali asintió, con una sonrisa traviesa en su rostro.

"¿Y eso te gusta?" -Preguntó Eric.

"Absolutamente."

Eric la miró durante mucho tiempo antes de decir: "Sí". Pero él no dejó de mirarla. Sus ojos hicieron que Ali se calentara. Vio el calor allí, vio cómo se convertía en deseo. Se le secó la boca y le resultó difícil tragar. Ella soportó su mirada mientras ese ahora familiar manto de calidez se posaba sobre ella. Sabía que la tensión entre ellos aumentaría.

Esta vez hubo más. Ella quería más. Anticipación, necesidad, deseo. Tenía muchos nombres para ello, pero lo quería a él. Los lentos antojos dentro de ella hablaban de excitación. Su cuerpo dolía por el de él. Quería su boca sobre la de ella, su cuerpo ejerciendo su magia primaria con el de ella. Quería sentir su peso, conocer ese dulce momento de la penetración inicial. Y ella quería llegar hasta el final.

Luego se inclinó hacia adelante. Sus ojos se posaron en su boca y se quedaron allí por un momento cargado. Ali se lamió los labios, incapaz de evitar mojar la sequedad. Eric la besó ligeramente, sus labios rozaron los de ella, pero ella sintió que el mundo se inclinaba. Ella saboreó el café del desayuno en su boca. Actuó como un elixir, una droga fantástica con poderes para transformarla en la tigresa lasciva que estaba despertando dentro de ella.

La intimidad era tentadora. Unas manos se deslizaron bajo su cabello y levantaron su cabeza hacia la de él.

El cuerpo de Ali se volvió suave y líquido. Se sentía flexible, sus movimientos como jarabe, capaces de fluir hacia los contornos del cuerpo de Eric mientras él la acercaba. Sus brazos, que todavía tenían sustancia, rodearon su cuello y cerró el pequeño espacio que los separaba, conectando sus bocas.

Sus labios cambiaron de un beso suave y provocativo a uno duro y hambriento. Eric la inclinó sobre su brazo, su boca cerrada sobre la de ella posesivamente, exigiendo aquiescencia. El calor ardía entre ellos. Ali dio lo que recibió, abrazándolo, amando la sensación de su cuerpo mientras sus manos recorrían los músculos de su espalda, músculos que se contraían y relajaban bajo sus sensibles dedos.

El calor se acumulaba entre ellos como el embate de un incendio forestal. Sus cabezas se inclinaban hacia un lado y luego hacia el otro. Ali se deslizó debajo de Eric y él se deslizó sobre ella en un movimiento coreografiado. Su cuerpo más pesado la presionó profundamente contra los cojines del sofá. Su longitud se extendió sobre ella, su erección empujando contra su estómago. La necesidad cantaba en sus venas. La lengua de Eric invadió su boca, abrasándola con tanta fuerza que se quedó sin aliento.

Ali nunca antes había tenido esta experiencia tan absorbente. Quería sentirlo por todas partes, pasar sus manos por su piel, sentirla junto a la de ella, que su cuerpo se conectara con el de ella y unirse a la antigua danza conocida por los amantes desde el principio de los tiempos. Su vestido, de gasa fina, era una barrera para sus necesidades.

Necesitaba a Eric, lo deseaba. Quería el empuje caliente de su cuerpo dentro del de ella. Ali siempre jugó en el campo. Ella nunca se acercó a un hombre. Siempre podría controlar sus reacciones. A ella le gustaba el sexo. Disfrutaba de los hombres, pero nunca había tenido esa fuerte sensación de necesidad, de liberación anticipada diseñada para un solo hombre. Pero eso era lo que estaba pasando con Eric. Con él no había otra. Nunca había sido otro. Estaban forjando una nueva frontera, terraformando un mundo para que existiera.

Ella lo quería todo, quería devorarlo. Quería meterse en sus pantalones y en su mente, grabarse en él tan profundamente que su nombre fuera visible para cualquier otra mujer que viera.

"¿Tienes un condón?" Ali preguntó con la pequeña cantidad de aliento que tenía.

"Sí", dijo con la misma dificultad.

Ali se deslizó del sofá y agarró la mano de Eric. Los dos subieron corriendo las escaleras y entraron en su dormitorio.

Eric la sujetó contra la puerta y apretó su boca con la de ella en el momento en que entraron. Durante eones pareció que permanecían suspendidos en su propio mundo. Luego su boca se apartó de la de ella para mordisquear besos a lo largo de su cuello y hombros desnudos. Calor montado en la habitación. Ali levantó la cabeza, dándole acceso a una piel tan sensible que podía sentir la sangre subiendo a la superficie. Entonces Eric la apartó de la puerta y se acercó detrás de ella. Los dientes de la cremallera de su vestido se abrieron con un sonido de desgarro cuando Eric lo bajó. Sus dedos contra su espalda eran como una cerilla de queroseno.

Su espalda se arqueó y el vestido cayó al suelo. Parte del corpiño contenía su sostén, dejándola vestida solo con bragas, medias y zapatos de tacón alto. Eric abrió la boca para hablar, pero no dijo nada. Él la miró fijamente hasta que la piel de Ali ardió.

Finalmente, Eric deslizó su brazo debajo de sus rodillas y la levantó. Ali era alta y nadie la había cargado nunca, pero Eric la hacía sentir pequeña y ligera. La llevó a la cama y la recostó suavemente sobre el edredón como si fuera el bebé más preciado. Se sentó a su lado y le acarició el hombro con una mano. Se hundió y su pulgar rozó su pezón. Cobró vida con una pasión interior que era como una ola chocando contra sus entrañas.

Ali levantó la mano y desabrochó el botón superior de su camisa. Sus manos se movieron hacia el segundo botón y lo soltó. Eric, aparentemente pensando que tomaría demasiado tiempo, agarró la parte posterior de la tela y se la pasó por la cabeza. A la luz oscura, era hermoso. Su pecho, desnudo de pelo, estaba musculadamente definido. Si llevaba un gramo de grasa innecesaria, estaba bien disimulada.

Ella pasó sus manos sobre la piel suave, levantándose de la cama para unirse nuevamente a él en un beso. Esta vez Ali se hizo cargo, empujando sus dientes y pasando su lengua por su boca. Ella se apretó contra él, deleitándose con la dureza de su pecho contra la suavidad de sus senos.

Sonidos guturales, crudos y hambrientos se mezclaban en la habitación electrificada. Las manos de Eric recorrieron su espalda, inclinándola de lado a lado mientras sus bocas bailaban. De repente, se detuvo y se levantó, se quitó el resto de la ropa y se protegió a sí mismo y a ella con un condón. Ali se quitó los zapatos, las medias y las bragas.

Juntos se reunieron en la cama. Se dio cuenta de que ambos se habían estado conteniendo, pero ahora el hilo que unía sus emociones se rompió y lucharon juntos, anhelándose el uno al otro. La erección de Eric presionó con fuerza contra la unión de las piernas de Ali. Las sensaciones la recorrieron en espiral como un relámpago circular. Se sintió encendida por dentro y por fuera, esforzándose por que él entrara en ella, para cumplir la promesa que su cuerpo invocaba. Con una rodilla le abrió las piernas y la penetró. Ali se mordió el labio inferior con los dientes pero no pudo detener el sonido de placer que se le escapó. Eric se movió dentro de ella, su cuerpo conectado al de ella, encendiendo una urgencia que los hizo retorcerse por dominación. Rodaron de un lado a otro sobre la cama, con brazos y piernas enredados mientras cada uno le daba al otro la alegría que buscaba.

Este era un avión completamente nuevo para Ali. Ella nunca se había sentido así. Nunca un hombre le había exigido todo. Nunca hubo un hombre al que estuviera dispuesta a darlo todo antes de Eric. Ella quería darlo todo. Quería darle lo que él le exigiera, lo que ella quisiera dar. Quería tomarlo todo, quería tenerlo dentro de ella para siempre, que este sentimiento continuara hasta que ya no pudiera soportarlo, y luego que continuara un poco más.

Ali apenas podía respirar, pero no le importaba. Sus palmas sintieron los pequeños impulsos eléctricos que desgarraron su piel mientras deslizaba sus manos sobre la curva inferior de su espalda. Su toque pareció empujarlo hacia adelante. Su cuerpo se movió más fuerte, más rápido dentro de ella. Cada vez que su poderoso cuerpo la empujaba, la sensación de placer aumentaba. Su respiración se entrecortó cuando el tiempo se detuvo. La tierra ya no se movía para nadie más que para ellos dos. Entonces comenzó la ola. Una enorme señal interna que le indicó que una cresta de pasión más fuerte que la anterior estaba a punto de engullirla. Ella se preparó para ello, retorciéndose debajo de él. Su cuerpo se esforzó por alcanzar el éxtasis, deseándolo, necesitándolo, buscándolo en todos los sentidos. Pero esperó, a un suspiro de distancia, un tormento tan dulce que ella se recuperó para sentir su toque.

Desde lejos escuchó el gemido, sin saber si provenía de ella o de Eric. Sus cuerpos se entrelazaron, cada uno luchando por el anillo de latón, con idéntica necesidad de agarrar la llave dorada. Finalmente, Ali escuchó su propia voz cuando su clímax comenzó y terminó en un grito de liberación.

Capítulo 5

Eric rodó sobre su espalda, respirando con dificultad. Atrajo a Ali hacia su costado y la sostuvo allí, con sus piernas entrelazadas con las de ella. Él no quería dejarla ir. ¿Qué le acababa de pasar? No se habían tomado el tiempo de bajar las mantas, pero la cama todavía parecía como si hubiera tenido lugar una guerra. La manta estaba arrugada debajo de él, aunque la mayor parte se había caído al suelo. La sangre palpitaba en su cabeza, pero se sentía eufórico. Nunca había hecho el amor como acababan de hacerlo él y Ali. Era como si él fuera otra persona con ella. Quería complacerla más de lo que jamás había querido complacer a nadie. Su propia satisfacción no era tan importante para él como la de ella. Eso nunca había ocurrido antes.

Y él no había querido parar. Habría seguido y seguido si hubiera podido, si ellos hubieran podido. Eric pasó la mano por su hombro y brazo desnudos. Era cálida y suave y se sentía tan bien en sus brazos. La habitación tenía ese olor eléctrico a amor. Eric respiró hondo, llenando sus pulmones con su olor mezclado, deseando poder capturarlo y salvarlo, poder sacarlo y revivir este momento.

"¿Qué estás pensando?" -preguntó Ali. Su voz era más profunda de lo habitual, sexy en la oscuridad, llena de satisfacción y algo que él no podía definir.

Eric se volvió hacia ella y le apartó el pelo de la frente. La besó ligeramente allí, luego se dirigió hacia sus labios, cada beso era un agradecimiento por lo que ella le había dado. Incluso si ella no era consciente de lo que había hecho, él le dio las gracias.

"Estaba pensando que nunca había sentido algo como lo que sentí esta noche". Fue un comentario imprudente. Nunca lo habría dicho en el pasado, pero por alguna razón quería decirle la verdad sin adornos. Habían sido sinceros el uno con el otro desde el principio. Desde el momento en que se conocieron en la cita a ciegas, ambos habían dicho exactamente lo que tenían en mente. A Eric le gustaba eso de ella.

"Yo sentí lo mismo", susurró Ali. Ella se acurrucó contra él. Su cuerpo se estaba enfriando y podía sentir el aire. Ali también debe estar enfriándose. Eric tomó la parte del edredón que yacía en el suelo y se lo cubrió a los dos. Como acurrucarse en una alfombra, tenían que acercarse el uno al otro. El brazo de Ali rodeó su cintura y su cuerpo lo tocó desde el pecho hasta la rodilla. Sin voluntad comenzó a responder. Su erección volvió a endurecerse. Él la deseaba de nuevo. Y él la quería ahora.

Eric la empujó de nuevo contra el colchón y la besó con fuerza. Sus piernas cubrieron las de ella y sus manos recorrieron su cuerpo arriba y abajo, tocando su piel, aprendiendo sus curvas, aprendiendo las zonas que le daban placer. Porque quería darle placer. Quería que ella se sintiera bien. Quería eso más que su propia gratificación.

Él la montó, su cuerpo uniéndose suavemente al de ella como si hubieran sido amantes toda su vida. Eric no pudo detener los movimientos que parecían venir de algún lugar muy dentro de él. Cada roce de sus piernas provocaba una fricción que lo encendía más. Quería tomarlo con más calma esta vez, pero se sentía como la primera vez. No pudo detener el impulso que lo hacía llenar a Ali hasta el fondo una y otra vez.

Escuchó sus sonidos femeninos, escuchó los ruidos placenteros que hacía. Esos sonidos lo impulsaron, lo obligaron a esforzarse más, más rápido, pero no por encima del límite. Eric esperó. Necesitaba que ella se uniera a él, que estuviera con él en el frenesí de movimientos que los satisfaría a ambos.

Lo sintió cuando Ali se movió. Juntos convulsionaron, uniéndose y separándose, tomando su propio ritmo, dando, tomando, moviéndose, retorciéndose, aprendiendo unos de otros. Disfrutando del mayor placer del mundo.

Entonces sucedió. Eric no pudo contenerse más. Sintió a Ali escalar con él, los dos entrando en ese lugar singular que era sólo suyo, el lugar donde irrumpieron en el tiempo y donde todo quedó suspendido. Un lugar donde su arrobamiento tenía sustancia y el mundo era suyo.

Eric la mantuvo allí todo el tiempo que pudo. Pasaron eones mientras su cuerpo era atormentado por una excitación desgarradora. Un impactante torrente de emoción lo recorrió hasta que pensó que iba a explotar. Luego volvió a caer a la tierra y aterrizó sobre una nube blanda. Por segunda vez esta noche, su respiración se hizo entrecortada. Estaba débil como un niño pequeño después de un día completo jugando al sol y la arena.

Y nunca se sintió mejor en su vida.

* * *

Un zumbido insistente despertó a Ali. Ella lo ignoró, esperando que se detuviera. Vino una y otra vez. Gimiendo, abrió un ojo. El cabello oscureció su vista. Se lo quitó de la cara y buscó su teléfono móvil. En su primer intento falló y empujó el dispositivo aún más lejos.

"Maldita sea", maldijo. Quienquiera que fuera debería volver a llamar, pensó. Al mirar el reloj, eran sólo las seis. ¿Quién la llamaría tan temprano?

Entonces se acordó de Eric. Se dio vuelta rápidamente y su mano golpeó el suelo con el teléfono. El teléfono continuó insistiendo y esperó encontrar a Eric acostado a su lado. La cama estaba vacía.

El zumbido cesó.

Ali se pasó una mano por el cabello y suspiró profundamente. La decepción la invadió. La almohada y las sábanas estaban arrugadas; los había enderezado porque su gimnasia en el dormitorio los había hecho levantarse de la cama. La noche había sido indescriptible. Pero esto era por la mañana. Un nuevo día. Se acabó la fantasía. Es hora de volver a la realidad.

El teléfono volvió a sonar. Ali gimió, más por la ausencia de Eric que por el teléfono.

Quizás fue él, pensó y tomó el dispositivo.

"Estás ahí", dijo su madre. "Pensé que podrías tener tu teléfono apagado".

"¿Madre?" Ali cuestionó, como si no reconociera la voz de su madre.

"Por supuesto, cariño. ¿Te desperté?

La madre de Ali era muy activa. Jugaba al tenis tres mañanas a la semana a las siete. Las otras dos mañanas nadó en la piscina del gimnasio local. Sabía nadar en la piscina de la universidad donde trabajaba como profesora de economía. También podían permitirse el lujo de tener una piscina en su jardín, pero Gemma Granville era una socializadora y conocía a más gente si salía de casa que si se quedaba en ella.

"Estabas dormido. Lamento haberte despertado. Quería saber cómo le fue a Eric anoche.

Todo el suministro de sangre de Ali burbujeó a la superficie, poniéndola roja de vergüenza. No podía responder a esa pregunta, al menos no con la verdad.

"¿Qué quieres decir?" Ella se detuvo.

"Ustedes dos estaban muy reservados cuando salieron del restaurante".

"¿Tercio?" Ali no sabía lo que eso significaba.

"Muy juntos, hablando en voz baja y en secreto, tomados de la mano, actuando como si quisieran estar solos".

Estaba buscando información. "Estamos bien, madre. Me llevó a casa, me acompañó a salvo hasta el interior de la casa y..."

"¿Y?"

Ali escuchó la anticipación en la voz de su madre.

"Y acordamos volver a vernos".

"¡Maravilloso! Sabía que ustedes dos se llevarían bien". Probablemente Gemma Granville estaba saltando arriba y abajo. "Así que tenía razón", dijo.

"¿Tienes razón en qué?"

"Acerca de Éric. Él es el único."

"Madre", advirtió Ali. "No saques conclusiones precipitadas".

"No soy."

"Seguro que no lo eres. Probablemente mirarás vestidos de novia tan pronto como abran las tiendas".

"Yo no miraría vestidos. Supongo que diseñarás el tuyo propio. Después de todo, eres diseñador".

Ali puso los ojos en blanco. "Solo acordamos tener una cita. ¿Veamos cómo salen las cosas?

"¿Pero te gusta?"

Su madre estaba decidida a conseguir de ella un compromiso. La verdad era que Eric se había ido. No habían fijado una fecha para nada más, aunque después de lo de anoche, estaba segura de que lo harían.

"Sí Madre. Me gusta el."

"Bien."

"Tengo que irme ahora, madre. Mi otro teléfono está sonando". No sonó ningún teléfono.

"Ali, hoy vendrás a la conferencia de tu padre, ¿verdad?"

"No me lo perdería".

"Puedes traer a Eric".

"No estoy seguro. Eric tiene contactos en el extranjero y es posible que no esté disponible".

"Llámalo y verás. Nos encantaría volver a verlo antes de regresar a casa".

"Ya veré. Tengo que irme ahora." Ali colgó, sin darle tiempo a su madre para detenerla.

Apartando la colcha y desenredando las piernas de la ropa de cama, bajó las piernas al suelo y se puso de pie.

Estaba desnuda.

Eric la cubrió con su cuerpo y la mantuvo caliente durante la noche. Pero sin el capullo de calor que ambos generaban, sintió el frío de la habitación.

No le llevó mucho tiempo ducharse y vestirse. Se puso unos pantalones de lana grises y un suéter voluminoso y se dirigió a la cocina a tomar su primera taza de café del día. En el mostrador había una nota apoyada contra una taza con una sola rosa roja dentro. Ali sonrió. Levantó la nota y leyó.

Lamento irme sin despertarte, pero te veías tan adorable con el cabello extendido sobre la almohada.

Estaba firmado: "Eric". Hubo una P.D. que decía: "Sonríes mientras duermes". La mano de Ali fue a su cabello y ella se lo empujó con una sonrisa. Cogió la taza y olió la rosa. ¿Dónde podría Eric encontrar una rosa a esta hora temprana o a cualquier hora de la noche a la que se fuera?

Minutos más tarde, Ali se sirvió una taza de café y la llevó a la mesa. Su teléfono vibró mientras se sentaba.

"Supongo que esto significa que estás despierto", dijo Eric.

"Mi madre me despertó, pero recibí tu nota y tu rosa. Gracias."

Ella escuchó la sonrisa en su voz. "Te habría dejado un ramo si hubiera podido encontrarlo".

Eso sería romántico, pensó Ali.

"Pero llamo por una razón diferente".

Ali escuchó, esperando que continuara.

"Mi madre también llamó esta mañana", dijo Eric.

"¿Que queria ella?"

"Ella nos invitó a la cena de Acción de Gracias".

"Sabíamos que íbamos a tener que estar en algún lugar para las vacaciones. Aunque pensé que sería entonces cuando nuestros padres se conocieran. Ah, demasiado tarde. Ya lo hemos hecho". Ali se relajó en el momento en que sintió que se estaba volviendo pesada. "Supongo que podemos dividir el día: hacer la comida con una familia y el postre con la otra".

"Hay al menos dos horas en coche hasta Bentonburgh y mi madre tuvo otra sugerencia".

Ali dejó la taza de café y se mordió el labio inferior. "¿Qué es?"

"Familias unidas. Le gustaría invitarlo a usted y a su familia, hermanas, hermanos, cónyuges y otras personas importantes (a todos) a la cena de Acción de Gracias".

"¿Sabe de cuántas personas está hablando?"

"Le dije que tenías un hermano y dos hermanas y que tal vez tuvieran citas. Ella está de acuerdo con eso".

dijo Alí.

"¿Estás bien?" -Preguntó Eric.

Ali ignoró su pregunta. "¿Supongo que ya se comunicó con mi madre?"

"Ella no dijo eso, pero tuve la sensación de que el trato ya estaba cerrado. Somos los dos únicos comodines en la mezcla".

Alí se rió. "Supongo que cenaremos con tus padres". Aunque estaban hablando por teléfono, Ali creyó escuchar alivio en su voz.

"Se lo haré saber".

"Una cosa más", dijo.

"¿Qué es eso?"

"La conferencia de mi padre hoy. Mi madre me preguntó si vendrías conmigo. Le dije que tenías deberes en el trabajo".

"¿A qué hora es la conferencia?"

"Tres en punto."

"Te recogeré a las dos".

"¿Está seguro? Me refiero a ti-"

"¿Estarás listo?" él la interrumpió.

"Seguro." Este engaño no le había sentado bien al principio. Ahora actuaban como si fuera real. Familias combinadas para Acción de Gracias, invitaciones conjuntas. Las complicaciones estaban apareciendo. Eran menores. No podía imaginar lo que les esperaba a medida que se acercaban las vacaciones.

"¿Alí?" dijo Eric.

"Todavía estoy aquí."

"Estoy de acuerdo con usted."

"¿Acerca de?" ella preguntó.

"No sólo eres bueno en la cama. Eres genial."

* * *

Se hicieron planes y a menudo cambiaron. Ali lo sabía por su negocio. Al trabajar con novias, sabía que el plan inicial no era el plan final.

Entonces, cuando Eric llamó y le preguntó si podía reunirse con él en su condominio en lugar de que él la recogiera, Ali estuvo de acuerdo. Quería ver dónde vivía y ir a su condominio le daría la oportunidad. Había estado en su casa más de una vez, había desayunado en su cocina y había pasado la noche en su cama. Esta sería su primera visita a su casa.

Eric vivía en uno de los nuevos condominios construidos en las afueras del municipio. Los edificios parecían casas adosadas, pero se vendieron como condominios. El suyo estaba cerca de la parte trasera del complejo, cerca de los árboles que bordeaban la propiedad y le daban al área un entorno parecido a un parque.

Ayer el tiempo había sido templado, pero durante la noche se había vuelto mucho más frío. Hoy hacía viento y era escalofriante. Ella pensó que marcaba el comienzo de noviembre y les recordaba que el invierno estaba en camino. Ali se detuvo en un espacio de estacionamiento cerca de la puerta principal. Apagó el motor del coche y salió. Los tacones de sus botas resonaron sobre el cemento. Todavía llevaba pantalones grises y un suéter, pero se había añadido botas tipo pantalón, aretes y cuidaba su maquillaje.

Eric abrió la puerta tan pronto como ella tocó el timbre. Él sonrió cuando la vio y tomó su mano para atraerla hacia adentro.

"Ups", dijo ella, mirándolo. "Olvidé traerte un regalo".

"¿Regalo?"

"Mi madre dice que la primera vez que vas a visitar a alguien debes llevarle un regalo. No tengo uno". Extendió las manos, mostrando su vacío.

"Tomaré esto en su lugar".

Se inclinó hacia adelante y la besó. Fue breve y sólo pretendía ser un beso amistoso. Pero cuando él se alejó, los dos se miraron y al momento siguiente, ella estaba en sus brazos para un beso completo de nunca me sueltes. Esto continuó durante varios segundos, antes de que levantara la cabeza.

"Eso quitará el frío del clima afuera", dijo Ali para cubrir el hecho de que si no tuvieran que ir a la conferencia de su padre, lo empujaría al suelo y le haría el amor aquí mismo. Necesitaba controlarse cerca de él. Esto fue un engaño para sus padres, pero a ella le costaba separar la realidad de la ficción.

Eric se rió. "Estoy casi listo. Póngase cómodo. Ya vuelvo".

"¿No es esa una línea de mujeres?"

"Es intercambiable. Puedes usarlo la próxima vez que venga a recogerte".

Desapareció escaleras arriba y Ali se dio la vuelta. El hormigueo en sus brazos estaba remitiendo. Se quitó el abrigo y lo dejó en una silla dentro de la sala de estar. Había una chimenea y en el hogar ardía un fuego. Ali extendió las manos y percibió el calor mientras miraba a su alrededor. La habitación tenía ese aspecto de decorada por un decorador. Todo coordinaba: las paredes eran de un suave color gris azulado, los pisos de madera rubia brillaban cálidamente con casi cualquier luz. Los muebles eran de cuero negro, suaves como la mantequilla, con almohadas grises y blancas. Flores frescas se colocaron estratégicamente en la habitación, dando inesperados toques de color y una fragancia que la hizo pensar en el romance. Al ver un jarrón de rosas, se acercó a él, se inclinó y olió su fragancia. Ahora sabía de dónde sacó la rosa que le había dejado. Condujo hasta casa y regresó para dejarle una rosa. La emoción brotó de su garganta y tuvo que parpadear para secar las lágrimas que llenaban sus ojos. El simple acto de bondad fue inesperado.

Había cuadros en las paredes, nada personal. Eran pinturas al óleo. Ali no conocía el arte, pero sabía que estos no eran el tipo de pinturas que se encuentran en los grandes almacenes locales. Mirando en la esquina de uno, buscó una firma. Era difícil de leer y no significaba nada para ella. A pesar de la perfección de la habitación, hacía frío. No había nada aquí que dijera Eric. Nada de la personalidad que estaba empezando a conocer se reflejaba en los negros y grises de la habitación.

Era un hombre cálido, sensible y cariñoso. Por supuesto, a su humor le vendría bien algo de trabajo, pero esa era una de las cosas que lo hacía diferente de todos los demás hombres.

"¿Listo?" preguntó Eric, bajando corriendo las escaleras.

Ali lo miró. Con pantalones que ceñían sus muslos y una camisa azul abierta en el cuello, parecía informal y lo suficientemente bueno para comer. Ali curvó los dedos entre las manos para evitar que se acercaran y lo tocaran. Conocía ese cuerpo, conocía la dureza de su pecho, la fuerza de los músculos de sus brazos y la ternura que podían envolver. Conocía su boca, la forma en que encajaba perfectamente sobre la de ella. La forma en que sintió su lengua entrando en su boca y sacando todo de su mente excepto él.

"Me trajiste una rosa", dijo, colocando su mano sobre uno de los capullos del jarrón.

"Durmiendo tan profundamente, me recordaste a una flor delicada".

"Así que condujiste a casa, recogiste una flor y regresaste".

"Estaba de camino al trabajo".

Sabía que él estaba tomando a la ligera sus acciones, pero lo apreciaba. Ali se acercó a él y lo besó en la mejilla. "Me gustó la rosa".

"Eres fácil de satisfacer".

"¿Lo soy?" —cuestionó, conociendo la insinuación en su voz.

Eric se oscureció, pero se recuperó casi de inmediato. "No estoy seguro. Tendré que intentarlo de nuevo sólo para asegurarme".

Ella lo besó de nuevo, esta vez en la boca. "¿Ahora?"

Dejó escapar un largo suspiro. "Seguro que me gustaría, pero extrañaremos la conferencia de tu padre y tu madre nunca nos dejará olvidarla".

"Verdadero." Ella hizo un puchero.

"Será mejor que nos vayamos antes de que cambie de opinión. Y si no salimos ahora, nos quedaremos atrapados en el tráfico".

"Correcto", dijo Ali.

"¿Podrías pasarme el teléfono que está en ese cajón?" Señaló una mesa auxiliar. Ali no había visto el cajón cuando miró alrededor de la habitación. Escuchó a Eric exhalar un largo suspiro cuando ya no lo miraba. La idea de que ella lo afectara la hacía sentir bien.

Al abrir el cajón, vio un teléfono tirado en el fondo. Lo único que había en el cajón era un cargador al que estaba conectado el teléfono. No vio cómo salía por la parte trasera o inferior del cajón y se conectaba a un tomacorriente. Al llegar al interior, desconectó el teléfono. La pantalla de contraseña apareció cuando ella se la entregó.

Eric lo metió en el bolsillo de la chaqueta de cuero que había añadido a su guardarropa.

Levantando el abrigo de Ali de la silla, lo sostuvo mientras ella deslizaba los brazos dentro. Por un breve momento él le apretó los hombros. Quería volver a abrazarlo, sentir su calidez, pero sabía adónde la llevaría eso. A donde ella quería que condujera. Pero ahora no tenían tiempo para eso.

"Nos han invitado a una fiesta de Navidad", dijo Eric.

"¿En realidad?"

"Uno de mis vicepresidentes organiza una fiesta todos los años. Ya que entonces todavía estaremos juntos, ¿te gustaría ir?

"Hace mucho tiempo que no voy a una fiesta sólo por placer", dijo. "Me encantaría."

"Bien. Le haré saber que vamos a ir".

"Ahora será mejor que vayamos a esta fiesta".

Con su mano en la parte baja de su espalda, los dos cruzaron la puerta principal. Ali abrió la puerta de su auto y entró. La decisión de quién conduciría se había resuelto sin discusión.

Como invitado de honor, Ali tenía un pase para estacionar en el campus. Entraron a la sala de conferencias varios minutos después y tomaron asientos cerca del centro del auditorio.

"¿De qué está hablando tu padre?" -Preguntó Eric. "Sé que tiene algo que ver con el periodismo, pero no entendí el tema específico".

"No estoy seguro de eso", dijo Ali. "Me lo dijo, pero no le presté mucha atención. Mi madre estaba tratando de entrar en la discusión y yo la estaba bloqueando. Tiene algo que ver con el futuro en el ámbito digital del periodismo".

Ali centró su atención en el programa, buscando el tema. No pudo leerlo debido a la interrupción.

"Ahí están ustedes dos", dijo su madre, acercándose a donde estaban sentados. Su voz sonaba como la de una madre orgullosa la noche de la primera cita de su hija. "Pensé que te gustaría sentarte más cerca del frente".

Ali negó con la cabeza. "Si nos sentamos ahí, mi padre me avergonzará. Esto esta bien." Estaban sentados en la luz tenue de la mitad del pasillo. Ali no estaba seguro de que pudieran ser vistos desde el frente.

La habitación quedó en silencio. "Están a punto de empezar", susurró su madre. "Te veré cuando termine la conferencia". Se levantó y corrió hacia su asiento cerca del frente, encogiéndose como si no quisiera ser vista.

Cuando el presidente del simposio presentó a su padre, dijo que el discurso versaba sobre la convivencia entre Internet y el pequeño periódico. Eric tomó su mano mientras su padre caminaba hacia el podio y comenzaba su discurso. Ni ella ni Eric tenían nada que ver con los periódicos. El tema sonaba aburrido, pero su padre tenía un don para el entretenimiento y hacía reír al público mientras contaba anécdotas de sus experiencias como periodista desde los grandes periódicos hasta el que dirigía ahora. Su conferencia fue seguida por un activo período de preguntas y respuestas.

La multitud disminuyó hasta que sólo Eric, Ali y su madre permanecieron entre el público. Varios organizadores del evento arrinconaron a su padre y lo felicitaron.

"¿Volverás a trabajar después de esto?" Ali le preguntó a Eric.

"Pensé que podríamos cenar temprano con tus padres".

"¿Estás listo para soportar a mi madre otra vez tan pronto?" Las cejas de Ali se alzaron mientras su voz bajaba.

"No puedo soportarlo." Él sonrió y miró a la mujer sentada en la primera fila.

"No se quedarán", le dijo Ali. "Decidieron regresar a casa de inmediato. Mi padre no puede estar lejos del periódico por mucho tiempo. Tiene síntomas de abstinencia".

"Entonces, ¿somos solo tú y yo?"

"Si puedes soportarme tan pronto después de la última vez", bromeó.

Los ojos de Eric se volvieron oscuros y calientes. Quería ser frívola, hacerle reír, pero el impacto de sus palabras después de la noche que habían pasado juntos llegó a ella en una oleada de calor. Por la expresión del rostro de Eric, obviamente él también estaba recordando esa noche.

"¿O?"

Ni siquiera escuchó a su madre hasta que la llamó por su nombre dos veces. Se giró y la miró, esperando que estuviera demasiado oscuro en la habitación para que su madre pudiera verla con claridad.

"Nos iremos a casa tan pronto como tu padre termine". Miró a los tres hombres que seguían hablando al frente de la sala.

"Queremos llegar allí antes de que oscurezca", decía su padre.

Sólo faltaban un par de horas para llegar a Bentonburgh. Deberían hacerlo con tiempo de sobra. Pero era hora punta y eso los retrasaría un poco.

Ali y Eric se levantaron y fueron al final del pasillo. Eric lo siguió. Ali abrazó a su madre. Y luego su mamá abrazó a Eric. Parecía como si ella le estuviera dando la bienvenida a la familia.

"Eric, fue bueno verte de nuevo. Y hablé con Ann esta mañana. Acordamos pasar el Día de Acción de Gracias en familia".

"Mamá", advirtió Ali de nuevo.

"¿Qué?" Ella miró a Ali. "Será bueno pasar el día con amigos y familiares".

"Falta un mes para el Día de Acción de Gracias".

"Pero estas cosas deben planificarse, al igual que las bodas".

"Señora. Granville, estoy deseando que llegue", engatusó Eric, deslizando su brazo alrededor de la cintura de Ali. Dejó ir su creciente ira.

Su mamá dio un paso atrás. "Ustedes dos hacen una pareja encantadora. Y puedo ver cuánto se aman".

Ali agarró la mano de Eric y la apretó. Ninguno de los dos estuvo de acuerdo o en desacuerdo con el comentario de Gemma Granville.

Finalmente su padre se unió al grupo. Los cuatro salieron del auditorio y caminaron hacia su camioneta.

"Me gustaría que pudiéramos quedarnos más tiempo, pero tengo que volver al periódico", dijo Merle Sullivan. La rodeó hacia Eric y le estrechó la mano. Los dos hombres asintieron mutuamente. Ambos sabían que no era necesario. Luego su papá la besó en la frente y se subió al asiento del conductor. Su mamá se sentó en el asiento del pasajero y se abrochó el cinturón de seguridad. Tocando la bocina, salieron del estacionamiento y se dirigieron al sur, hacia Maryland. Ali se quedó con el brazo de Eric rodeándola hasta que la camioneta se perdió de vista.

"¿Qué crees que están planeando para el Día de Acción de Gracias?" -preguntó Ali.

"No tengo ni idea. Pero me doy cuenta de que esto fue sólo un calentamiento. El evento principal se está planificando mientras hablamos".

"Sólo puedo esperar que estemos preparados para ello", dijo Ali.

"Los sorprenderemos".

Capítulo 6

Tanto Ali como Diana eran madrugadores. Esto fue algo que los hizo compatibles. Tuvieron tiempo para pasar unos minutos siendo amigos y luego empezar el día. La calma antes de la tormenta, antes de que entraran los demás asociados y antes de que empezaran a sonar los teléfonos.

"Llegaste temprano", dijo Diana. "Siempre llegas temprano, pero hoy llegas muy temprano".

"Después de pasar dos días con mis padres y el fin de semana, tengo mil cosas que hacer. ¿Por qué estás aquí a las... —miró su reloj— a las seis en punto?

"Scott tenía un vuelo temprano. Lo dejé en el aeródromo".

Scott normalmente conducía solo hasta el aeropuerto, pero él y Diana todavía eran técnicamente recién casados. Ella no puso excusas acerca de querer estar con él tanto como fuera posible. Y Scott le había dicho que le encantaba encontrarla en el aeropuerto esperándolo cuando regresaba de sus vuelos.

Diana tomó asiento y le entregó a Ali la taza de café que solía traer consigo. "Cuando hablé con Renee el viernes, parecía tener todo bajo control".

"Ella hizo. Te dije que está lista para salir sola. Odiaré perderla como asistente".

"Estoy seguro de que ustedes dos resolverán algo". Diana se inclinó hacia adelante y puso el brazo en el borde del escritorio. "Cuéntame sobre tu fin de semana. ¿Pasaste un buen momento?"

Ali se reclinó. "Imagínense esto: dos madres que desean que sus hijos encuentren a alguien y se casen. Envíalos a todos a cenar y descubre milagrosamente que están todos en el mismo restaurante y en la misma habitación".

Diana mantenía la boca cerrada. "Conociste a los padres de Eric".

"Y sus dos hermanos y sus citas".

ALGUIEN COMO TU: ¿EL PLAN PERFECTO TIENE UN FINAL SORPRESA?

81

Diana se reía. "Qué emboscada".

"Esa es exactamente la palabra que usó Eric".

Ali explicó que su madre le hizo creer que iban a cenar como invitados de la universidad, pero en realidad era para unirse a los Sullivan en su aniversario y para que ellos empujaran a Eric y a ella el uno hacia el otro.

"Deja de reírte", dijo Ali, tratando de evitar unirse a ella. "No es gracioso."

"Es divertidísimo pensar que ni siquiera están tratando de ocultar su estrategia". Tomó un sorbo de su café. "¿Cómo lo está tomando Eric?"

La mención de su nombre hizo que el cuerpo de Ali reaccionara como si pudiera tocarlo desde esa distancia. Esperaba que Diana no notara el cambio.

"Es mejor de lo que esperaba. Esta fue su idea, pero pensé que no la había pensado bien. Sin embargo, actúa como si fuera natural".

Ali levantó la vista y vio a Diana mirándola. "¿Te estás enamorando de él?" El escrutinio en sus ojos era serio.

"Por supuesto que no." Quería detenerse allí, pero sabía que necesitaba reforzar su afirmación. "Es fácil de mirar".

"Y tiene un gran cuerpo".

Ali casi se ahoga.

"Y le encanta tocarte", continuó Diana.

"¿Qué?"

"No me digas que no te has dado cuenta".

"Sólo hace eso para mostrar", explicó Ali.

"Sí", dijo Diana. "No es sólo que te toque, sino la forma en que te toca".

"¿El camino?" Ali frunció el ceño.

Ali sabía exactamente a qué se refería Diana. Le encantaba que Eric la tocara. Cada vez que él ponía sus manos sobre ella, ella sentía su ternura. Quería entregarse a sus brazos y establecerse allí para siempre.

"Ali, te estás sonrojando".

Ali salió del ensueño en el que estaba cayendo. "No soy."

Diana no respondió. Al menos, no con palabras. Miró a Ali durante mucho tiempo.

"Está bien, me atrae. Y sí, he notado que me toca mucho".

"Y te gusta." Fue una declaración.

"No debería. No debería sentir nada más que una mano cálida, pero por alguna razón todo mi cuerpo casi brilla".

"Me alegro mucho de escuchar esto".

"¿Por qué?" -preguntó Ali.

"Porque mereces ser feliz".

"Solo dices eso porque encontraste a Scott y crees que todos deberían sentir lo mismo que tú".

"Tienes razón", dijo Diana. "Lo que siento por Scott es asombroso. Y nunca pensé que él sería el hombre para mí, pero desde entonces, hace mucho tiempo, has renunciado a encontrar a alguien. Pero con Eric...

"Detener." Ali levantó la mano. "No existimos Eric ni yo. No somos una pareja. Sólo estaremos juntos por este corto período. Él y yo establecemos las reglas y las viviremos".

"Ali, las cosas siempre cambian. Tú lo sabes."

"Esto no", dijo Diana.

"¿Él siente lo mismo por ti?"

"No lo sé", dijo Ali, lamentando que la conversación hubiera tomado este giro.

"¿Él sabe cómo te sientes?"

Ali negó con la cabeza. Esperaba que él no lo supiera.

* * *

La joyería en la esquina de Nassau y Williams Street había estado allí durante décadas. Eric pasaba por allí casi a diario, pero nunca se detenía a mirar por las ventanas. Sin embargo, hoy estaba allí, mirando un escenario en la ventana. ¿A Ali le gustaría eso? el se preguntó. Se imaginó el anillo adornando su elegante mano.

"Nunca compres el anillo a menos que ella esté allí para escogerlo", dijo alguien detrás de él. Eric se giró y encontró a Veronica Woods parada detrás de él. Ella era la última persona que esperaba encontrar en una calle de Princeton.

"Verónica, esto es una sorpresa".

"Espero que sea buena", dijo. Ella se inclinó para besarlo. Eric acercó su mejilla a la de ella y dio un paso atrás. Verónica estaba vestida impecablemente en blanco y negro, parecía alguien que vería en la portada de una revista de moda. Su abrigo largo estaba rodeado de pelo blanco alrededor del cuello y las mangas. En su cabeza había un sombrero a juego. Esto enmarcó su rostro, suavizó sus rasgos y la hizo deseable para cualquier hombre, excepto él.

"¿Qué estás haciendo aquí? Pensé que te habías mudado a Chicago".

"Hice. Sólo he vuelto de visita, pero estaré aquí un par de semanas. Cuando me fui, cogí un trabajo de decorador. Después de unos años, me uní a la sociedad. Un tiempo después, estaba a punto de emprender mi propio negocio cuando decidimos abrir otra oficina. Yo dirijo esa oficina".

"¿Aquí en Princeton?" Verónica representaba una traición para él y no quería que se lo recordaran constantemente. Sabía que ella nunca había estado realmente enamorada de él, pero la humillación que le infligió no fue fácil de olvidar.

"Filadelfia", corrigió sacudiendo la cabeza. "Vine hoy para ver a algunos viejos amigos. No sabía que uno de ellos serías tú. Supongo que todavía diriges esa empresa de inversiones.

Él asintió, decepcionado porque ella no recordaba el nombre de su empresa. Se dio cuenta de que Verónica no había cambiado mucho. Tenía mejor aspecto que hace cinco años. Su ropa era original de diseñador, pero sus valores eran los mismos. Actuó como si se hubieran separado como amigos, como si nada hubiera pasado entre ellos.

"Las cosas deben ir bien si estás mirando el escaparate de una joyería". Señaló los escaparates detrás de él. "¿Quién es ella?"

Eric miró hacia la ventana. El escenario que había estado mirando brillaba. "No la conocerías", respondió. Eric no había visto a nadie de forma constante desde que terminó la relación entre él y Verónica. No estaba dispuesto a dejarla pensar que albergaba sentimientos residuales hacia ella.

"Debe ser serio. Nunca pensé que renunciarías a tu soltería.

"El cambio ocurre", dijo, negándose a mencionar nada sobre su pasado.

Ella sonrió. Eric conocía esa mirada, sabía que el movimiento de sus pestañas significaba que estaba cubriendo algo que no quería que él viera.

"¿Por qué no me invitas a una taza de café y me cuentas sobre ella?"

Miró por encima del hombro a la universidad que dominaba la ciudad universitaria. "Me encantaría, pero tengo que volver a esa empresa de inversión. Sólo salí para recoger mi almuerzo, que probablemente ya esté listo. Pero fue genial verte de nuevo". Sabía que la estaba despidiendo. "Buena suerte con su empresa de diseño".

Abrió su bolso y sacó una tarjeta de presentación. "Llámame alguna vez."

Tomó la tarjeta. "Si necesito un decorador".

"O si simplemente quieres reflexionar sobre los buenos momentos".

Eric dudaba que llamara por ese motivo, pero asintió. Verónica volvió a inclinarse hacia delante. Esta vez ella besó su boca. Y por supuesto que sucedería entonces. Cuando levantó la cabeza vio a dos mujeres doblar la esquina y caminar hacia ellas. Inmediatamente los reconoció a ambos.

Alí y Diana.

Pasó un momento desde que estaban hablando antes de que Ali lo reconociera y sonriera. Los dos se acercaron.

"Hola, Eric", dijo Ali. Miró a la mujer y asintió.

"Veronica, ella es Sherly Granville, mi prometida y su socia comercial, Diana Thomas".

Cuando las mujeres se saludaron, Ali buscó en su bolso y sacó un pañuelo. Se lo tendió a Eric.

El rojo no era su color.

* * *

Esa noche, a las siete en punto, Ali estaba afuera del condominio de Eric. Empujó el timbre y lo escuchó sonar a través de la ornamentada entrada.

"¿Entonces esa era Verónica?" Ali dijo a modo de saludo cuando Eric abrió la puerta.

"Esa era Verónica". Eric suspiró. Él retrocedió y le permitió entrar al vestíbulo. Tomando su abrigo, lo colgó en el armario del pasillo. "Supongo que tienes hambre y como no sabía qué querrías comer, compré una variedad de platos principales".

La condujo al comedor, donde había varios platos de comida china sobre una mesa puesta para dos. Ella había echado un vistazo a la cocina en el camino y vio los contenedores de papel cuyo contenido había transferido a cuencos de porcelana. Se preguntó qué intentaba hacer Eric, qué querría decirle.

"Siéntate", dijo y le sirvió una copa de vino blanco.

Ali tomó asiento y como tenía hambre, llenó su plato con una pequeña muestra de todo y comió con ganas. Eric, por otro lado, repartía la comida pero comía muy poco. Se sentía culpable, pensó.

"Eric, ¿pasa algo?"

"¿Por qué preguntas eso?"

Estaba segura de que algo andaba mal más de lo que pensaba. Según su experiencia, cada vez que se respondía una pregunta con una pregunta significaba que algo andaba mal. Su encuentro en la calle esa tarde la había llevado a reconsiderar su plan.

"¿Qué es?" ella preguntó.

Eric se levantó y tomó su copa de vino. Le ofreció la mano a Ali y se trasladaron de la mesa del comedor a la gran sala familiar. Éste también parecía como si un decorador hubiera intervenido en los muebles y el arte de las paredes. Tenía un gran sofá circular frente a un televisor gigantesco y una chimenea con un fuego que crepitaba y estallaba, añadiendo ambiente a la cena. Ali tomó asiento en el sofá.

Ella finalmente habló. "¿Se trata de Verónica?"

Ali sintió que la tensión aumentaba en ella. No sabía cómo iba a terminar esto, pero no creía que saldría a su favor. Eric se volvió hacia ella y Ali conoció la mirada. Fue un final. Todo estaba empacado y listo para ser liberado. Ali sólo necesitaba esperar el último tren.

"¿Es ella tu única? Conozco las reglas que establecimos cuando comenzamos esto. Pero si quieres dejar de fingir para poder estar con…

Ali no llegó más lejos. Eric se movió más rápido que un rayo. Él estaba frente a ella, levantándola de su asiento. Su rostro estaba tan cerca del de ella que la asustó. "Esto no se trata de Verónica. Vi tu cara esta tarde. Parecía como si te hubiera dado una patada.

Ali se apartó y dio un paso para enderezarse. "Las cosas se están complicando", dijo. "Más de lo que pensábamos. Ahora tienes un antiguo amante en la ciudad.

"Énfasis en 'ex'. Nuestra relación terminó hace mucho tiempo. Son noticias viejas".

"¿Lo es?" ella preguntó.

"Muy viejo", confirmó.

"No parecía viejo. De hecho, parecía que habría una nueva edición. Y pensé que a la luz de eso, tal vez quieras terminar con esto. Ahora." La tenía tan cerca y tan fuerte que apenas podía respirar. "Pensé que tú y Verónica querían estar juntos. Después de todo, llevabas su lápiz labial.

La cabeza de Eric se movía con la misma velocidad con la que había cruzado la habitación. Su boca se apretó contra la de ella y la sostuvo por un largo momento, el tiempo suficiente para que Ali se aferrara a él. Estos días eso tomó menos de un segundo.

ALGUIEN COMO TU: ¿EL PLAN PERFECTO TIENE UN FINAL SORPRESA?

87

"Ahora estoy usando el tuyo", dijo.

Ali no pudo detener la sonrisa que hizo que su boca se arqueara. La sonrisa se convirtió en risita y luego en carcajada. Eric la rodeó con sus brazos y juntos se rieron. La tensión que se había instalado entre ellos esa tarde en la calle principal de Princeton se disipó.

Eric tomó sus manos y se sentaron uno al lado del otro en el sofá. El fuego dio a la habitación un resplandor rosado. Ali se sacó los pies de los zapatos y se los metió debajo.

Eric sonrió. "¿Cómodo?"

Ella asintió. "¿Cuéntame sobre ella?"

"Te conté la historia antes".

"¿Y no hay nada más?"

"Nada."

"Pero ella ha vuelto ahora. Lo más probable es que te la encuentres de vez en cuando".

"Ella es decoradora. Está abriendo un negocio en Filadelfia. Probablemente habrá más clientes en esa zona que aquí".

Ali sintió que le estaba dando excusas, racionalizaciones que podían desbordarse y cambiar en cualquier momento.

"¿Era ella la indicada, Eric? ¿Pensaste que ustedes dos tendrían el tipo de amor para siempre?

Dudó mucho tiempo. Tomó un trago de su vino pero no se alejó de Ali. Sintió un cambio en su cuerpo, un endurecimiento de los músculos que indicaba un aumento de los latidos del corazón o un torrente de sangre a la cabeza, incluso una ceja levantada. Ninguna de las señales estaba presente.

"Mi hermano Quinn dice que llega un momento en el que tienes que arriesgar tu corazón. Pensé que estaba haciendo eso con Verónica. Pensé que ella sentía lo mismo por mí. Resultó que ese no era el caso".

"¿Entonces ya no estás dispuesto a arriesgar tu corazón?" -preguntó Ali. "Supongo que eso me hace perfecto para ti".

Levantó la cabeza de golpe. "¿Cómo es eso?"

"Tu plan. El pacto matrimonial. Es perfecto. No hay posibilidad de que arriesgues nada. Puedes satisfacer tu lógica interna de nunca dejar que una mujer te enrede como lo hizo Verónica sin la carga de las complicaciones".

"Esto no se trata de eso", protestó.

"¿Está seguro?" Ali arqueó las cejas y le dirigió una mirada inquisitiva. Su corazón latía tan rápido que no sabía si podía hablar, pero ahora entendía todo. Sabía que en este engaño había algo más que simplemente eludir los intentos de su madre de que encontrara una novia. Había construido un muro alrededor de su corazón y Ali era el guardia temporal que mantendría el muro intacto por un tiempo. Luego pasaría al siguiente guardia o se retiraría a sus conexiones en el extranjero como método para mantenerse libre de riesgos.

"¿De qué crees que se trata?" preguntó.

"Esa es una pregunta capciosa. ¿Estás seguro de que quieres la respuesta?

Su rostro no estaba exactamente en blanco, pero Ali podía ver que estaba tratando de mantenerlo libre de expresión. El asintió. "Soy un niño grande. No puedo soportarlo."

Ali estiró los pies y se puso de pie. Tomando su copa de vino, caminó por la habitación. "Una decoradora hizo esta habitación, ¿no?"

Eric frunció el ceño. Ella sabía que él no entendía la pregunta.

"Verónica nunca ha estado aquí", dijo.

"No pensé que fuera ella", le dijo Ali. "Es una habitación hermosa. Lo pude ver en una de las revistas de moda".

"Pero", instó.

Ella volvió con él. Lo enfrenté. Ella se sentó en la enorme mesa de café en la que sólo había un jarrón de cristal con flores, con las rodillas a sólo unos centímetros de las de él.

"No hay nada tuyo en esta habitación. No hay nada tuyo en toda la casa. Ni siquiera en el dormitorio". Hizo una pausa y le lanzó una larga mirada. "Tal vez las flores sean tu reflejo, lo cual es sorprendente ya que

ALGUIEN COMO TU: ¿EL PLAN PERFECTO TIENE UN FINAL SORPRESA?

89

la mayoría de los hombres nunca pensarían en flores, especialmente en las frescas. Pocos los comprarían o los reemplazarían cuando murieran".

"¿O conducir a casa para conseguir una sola rosa roja?"

Ali sonrió recordando la taza en la mesa de su cocina la primera vez que hicieron el amor. El pensamiento casi la deshizo. Esa cálida manta comenzó a acomodarse, pero ella la apartó. Necesitaba mantener el rumbo. Permitir que los pensamientos sobre cómo hacían el amor la enviarían en una dirección diferente, aunque maravillosa.

"Eso también", dijo. "Sólo las flores dicen que tienes corazón y mucho menos quieres arriesgarte". Ella tomó su mano. No lo apartó, pero había pasado de cálido a ligeramente frío. "Lamento que no te guste lo que estoy diciendo, pero preguntaste. Espero que veas que, como decía tu hermano, sin riesgo no hay amor, y sin amor tendrás una existencia muy solitaria".

Eric la levantó de la mesa y la sentó en su regazo. "¿Entonces crees que debería dejar atrás el pasado y abrir mi corazón?"

Su propio corazón latía un tambor en sus oídos. Ella asintió.

"¿También estás diciendo que debería acercarme a Verónica y ver si lo que pensé que teníamos en el pasado podría reavivarse? ¿Devolverle la vida al fuego?

Ali controló a la fuerza su impulso de soltarse de sus brazos. "Si eso es lo que quieres", susurró.

"Eso no es lo que quiero".

Ella levantó los párpados y lo miró fijamente. Sabía que no debía preguntar, pero tenía que saberlo. "¿Qué deseas?"

"¿Ahora mismo? ¿Justo en este mismo momento?

"Sí", dijo, arrastrando la palabra como si tuviera varias sílabas.

"Te deseo."

* * *

"Te quiero" no era lo mismo que "te amo". Eric lo sabía. Quería decirlo, quería hacerle saber a Ali que ella significaba más para él que cualquier mujer, pero no podía pronunciar las palabras. Así que se retiró, se retiró a lo que cualquier hombre haría en su situación.

El la beso.

Ali no protestó. Ella era dócil en sus brazos. La quería allí, quería decirle todo lo que quería saber, pero ya lo había quemado antes.

* * *

Era difícil pensar que había hambre en el mundo cuando Ali miraba toda la comida en las mesas del comedor del Dr. Sullivan. Dijo "mesas", ya que había al menos tres. Estaban cubiertos con pavo, ensaladas, batatas, guisos de judías verdes, aderezo de pan de maíz, tartas, pasteles y aún más platos, todos olían delicioso y le hacían gruñir el estómago.

Así como ambas madres intentaban casar a sus hijos, ambas madres superaban a la otra en la cantidad de comida que cocinaban y entregaban. Sus hermanas Sienna y Sierra trajeron sus platos estrella. Emory, su hermano, estaba exento porque años atrás había demostrado que cocinar no era algo en lo que sobresaliera. Ali llegó con un plato de macarrones con queso.

"¿Quién crees que ganará?" Galen le susurró al oído a Eric.

Eric miró el partido de fútbol en la televisión de pantalla grande, pero sabía que su hermano no estaba hablando del partido.

"Ni siquiera quieres ir allí", dijo Eric. "Podría ponerse sangriento".

"Sólo recuerda", se unió Quinn. "Todo está delicioso. Nada es mejor que el otro".

"Todos son igualmente geniales", dijeron Eric y Galen al unísono.

"Obviamente ustedes tres han pasado por esta rutina antes", dijo Ali.

Quinn asintió. "Y aprendimos temprano a no tener favoritos".

"¿Recuerdas aquella vez que todos hacían judías verdes y querían que todos los primos las juzgaran?" Preguntó Quinn, risa en su pregunta.

Galeno frunció el ceño. "Ese año estaba seguro de que alguien moriría".

Todos se reían de un recuerdo compartido. Ali sabía por su propia familia que toda la rivalidad era por diversión. No había preparado una cazuela de judías verdes. Su plato eran macarrones con queso, que estaban en un plato caliente en el comedor. Ali era libre de unirse a los demás y disfrutar del juego. El doctor Sullivan ya había rechazado cualquier ayuda adicional en la cocina.

"Entonces", dijo Galen, mirando a Eric, "¿cuándo se casarán ustedes dos?"

La habitación quedó en silencio. Todos miraron a Galen.

"¿Qué?" Preguntó Galen, abriendo los brazos con inocencia, uno de ellos sosteniendo una cerveza. "Has estado saliendo durante meses. Esta es la segunda cena familiar en la que apareces". Miró a Ali. "Debe ser el momento de casarnos".

"Nosotros estableceremos el nuestro cuando tú establezcas el tuyo", le dijo Ali.

"¿A mí?"

"Sí, tengo una hermana y veo cómo la miras". Ali comprobó que su hermana Sienna no podía oírla. "Se lo señalaré a tu madre. Entonces todo lo que necesitaremos es una cena más y puede ser una boda doble".

Nuevamente, la habitación miró fijamente al hijo menor de Sullivan.

Finalmente Quinn se rió y, señalando a su hermano, dijo: "Ella te atrapó". Todos se echaron a reír.

Obviamente avergonzado, Galen fue el primero en levantarse cuando su madre anunció la comida. El comedor no tenía las mismas dimensiones que el restaurante donde se celebró su cena de aniversario. En lugar de una disposición en forma de U, se habían colocado dos mesas paralelas. Eric la llevó a uno de los más alejados de sus padres.

Durante los siguientes veinte minutos, se pasó la comida, se llenaron los platos y los únicos sonidos en la habitación fueron los de los tenedores y los "Mmm, mmm" de agradecimiento.

Breve reseña de De sangre y ceniza de Jennifer L. Armentrout
Breve reseña de De sangre y ceniza de Jennifer L. Armentrout
Página 37

"¿Abrumado todavía?" -Preguntó Eric.

"En realidad me estoy divirtiendo", le dijo Ali. Y ella fue. "¿Y tú?"

"Amo a mi familia. No nos reunimos con suficiente frecuencia".

"Lo sé. A pesar de la intromisión de nuestros padres, tenemos mucho que agradecer".

Eric le dio una de esas miradas, esa que decía tanto pero a ella tan poco. Era confuso, haciéndola preguntarse qué estaba pensando. ¿Qué había detrás de la mirada? ¿Y qué significó?

"A mis hermanos les gustas mucho". Se tomó un momento para mirar alrededor de la mesa. Ali siguió su mirada. Todos comían y hablaban, sonreían y hacían comentarios sobre lo buena que estaba la comida. Galen se sentó junto a Sienna, la hermana de Ali, y los dos parecían llevarse bien.

"Tienes una linda familia", dijo Ali.

"¿Incluso mi madre?"

"Especialmente tu madre. Ella sólo busca lo mejor para ti".

Los ojos de Eric se abrieron de par en par. "¿Quién eres y dónde has escondido a Sherly Granville?"

Ella rió. "Todos los padres quieren que sus hijos sean felices".

"Y quieren nietos".

"Eso también", coincidió Ali.

"Pero la mayoría de ellos no calculan las fechas para ellos", dijo Eric, manteniendo la voz lo suficientemente baja como para que nadie más pudiera escucharlo.

ALGUIEN COMO TU: ¿EL PLAN PERFECTO TIENE UN FINAL SORPRESA?

93

Antes de que Ali pudiera responder, el Dr. Sullivan anunció el postre. El gemido de estar demasiado lleno para dar otro bocado surgió como el rugido de un gol de fútbol.

"Tomaré un poco más tarde", dijo Quinn.

"Entonces supongo que podemos llenar nuestras copas con vino. Y ustedes pueden limpiar los platos", dijo su mamá.

En masa, las mujeres abandonaron la habitación y, de común acuerdo, los chicos recogieron los platos. Para cuando terminaron y se unieron al grupo en la gran sala, el primer juego casi había terminado.

"¿Vino?" preguntó Eric, acercándose a Ali. Ali asintió y le entregó su vaso. En lugar de irse, se agachó a su lado. "¿Pasó algo mientras estuve fuera?"

Ella sacudió su cabeza. "Todos estaban realmente interesados en el juego. Veo que tu mamá es una gran admiradora".

"Ella lo es ahora." Él la miró. "Mi padre la reclutó, y cuando ella era la única mujer en una casa de hombres, la cuestión era conformarse o quedar fuera".

Ali lo vio sonreír. Realmente amaba a su familia. A ella le gustaba eso de él. Cuando se conocieron, ella lo clasificó como un solitario, alguien que se suponía que había crecido sin la ayuda de sus padres. Pero en las últimas semanas, Ali había llegado a conocer al hombre que había dentro y se estaba enamorando cada vez más de él.

"¿Qué es esa mirada?" -Preguntó Eric.

"¿Cuál mirada?"

"El que está en tu cara. Es una cara de "tengo un secreto". Como si supieras algo que nadie más sabe".

"Podría", respondió ella honestamente, pero lo ocultó detrás de una sonrisa traviesa para despistarlo. Luego ella se inclinó y lo besó rápidamente. "Ese es mi secreto."

"Ya no", dijo Eric. "Mi madre vio eso".

"Bien", susurró Ali. "Démosle un espectáculo". Su boca estaba sólo a una sombra de la de él. "Sólo una comedia corta, no un musical de

Broadway". Ella lo besó de nuevo, un lento y dulce roce de labios. Eric deslizó su lengua entre la comisura de sus labios. Los rayos tronaron a través de su sangre. Regresó antes de que comenzara un número de producción y no pudo detenerse.

"Traeré ese vino ahora".

Capítulo 7

La última botella de vino que había sobre la mesa estaba vacía. Eric lo llevó a la cocina y lo tiró a la papelera de reciclaje. Al coger una botella nueva, le quitó el corcho. Ann Sullivan entró en la cocina cuando estalló. Se sentó en uno de los taburetes altos frente al gran mostrador central. La comida de la cena estaba en innumerables recipientes de plástico apilados en el extremo más cercano al refrigerador.

"¿Te escuché hablar de fijar una fecha antes? ¿Fue esa una fecha de boda?

Su madre no empezó con una pequeña charla. Fue directa al tema que tenía en mente.

"Mamá, no saltes sobre el caballo". Eric sirvió vino en las dos copas. El vaso de Ali tenía la huella de sus labios arqueada sobre el delicado cristal. Tuvo la necesidad de beber de ese vaso, colocando su boca en el lugar exacto donde había estado la de ella.

"No lo soy, pero mi audición es excelente".

"Que era una broma. Galen estaba bromeando con Ali. ¿Oíste su respuesta?

Haciendo caso omiso de su pregunta, ella dijo: "Dejando de lado las bromas, ustedes dos se han estado viendo mucho. Y por lo que vi allí, parece que ambos sólo tienen ojos el uno para el otro. ¿Es este acuerdo exclusivo?

"Nunca hemos hablado de eso específicamente, pero no veo a nadie más en este momento. Estoy seguro de que Ali tampoco lo es".

Su mamá sonrió, obviamente complacida. Luego su rostro volvió a ponerse serio. "Nunca adivinarás a quién vi ayer mientras hacía algunos recados de último momento".

Eric se sentó al lado de su madre. Se deslizó en la silla y la miró directamente. "Déjame adivinar. Verónica Woods".

Ella arqueó las cejas sorprendida. "¿Sabes que ella ha vuelto?"

95

"Ella no ha vuelto. Ella dice que está aquí para hacer un trabajo en Filadelfia. Ella sólo estuvo aquí de visita".

"¿Dónde se conocieron ustedes dos?"

"Me encontré con ella afuera de Varrick's y antes de que preguntes, no queda nada entre nosotros. Hemos terminado desde hace algún tiempo".

"¿De Varrick? ¿Las joyas de Varrick?

"Uno y el mismo", dijo Eric. "Pero estoy seguro de que ya lo sabes. Verónica no es de las que se guarda información para sí misma si puede usarla".

"Estabas mirando anillos". Fue una declaración.

"Salí a almorzar y miré por las ventanas. No estaba de compras".

"¿Entonces no le compraste un anillo a Ali?" La voz de la madre de Eric se elevó ligeramente al final de la frase con la esperanza de que le dijera que había comprado un anillo.

"¿No es cierto que la mujer siempre debe estar ahí para escoger su propio anillo?"

Ella asintió. "¿Estás buscando un anillo?"

"¿Crees que es demasiado pronto? Sólo nos conocemos desde hace unos meses".

Ella sacudió su cabeza. "No creo que sea demasiado pronto". Ann Sullivan se deslizó de su silla y cruzó a Eric en sus brazos extendidos.

Después de un segundo, Eric la empujó hacia atrás. "No estás diciendo eso sólo porque quieres nietos, ¿verdad?"

"Por supuesto que no." Ella fingió estar herida. "Sabes que quiero nietos, pero también quiero que seas feliz. Estás enamorado de Ali, ¿verdad?

Ahí estaba, pensó Eric. Se había metido directamente en esa pregunta. Y había que responder. Si fuera abogado, nunca se plantearía una pregunta que no quisiera responder. Pero Eric no era abogado. Y él había formulado la pregunta.

"Sí", dijo. La palabra salió en voz baja, como si estuviera hablando solo. Amaba a Ali. Sólo se dio cuenta en este momento. ¿Cuándo había sucedido eso?

"¿Vas a pedirle que se case contigo?"

Eric estaba teniendo dificultades para procesar esta información recién descubierta, pero la pregunta de su madre penetró en su cerebro. "Mamá, más despacio. Déjame hacer esto a mi manera. Puede que Ali sienta que no nos conocemos desde hace suficiente tiempo. Puede que ella no sienta lo mismo por mí".

"Por lo que vi hace unos minutos, su amor es algo de lo que no debes tener dudas".

"En cualquier caso, le diré cuando sea el momento adecuado", dijo Eric.

"Por supuesto. Sabes que nunca interferiría".

Eric tomó las dos copas de vino y aulló.

* * *

Un fuerte grito resonó en el aire en la sala familiar cuando el equipo de la NFL apoyado anotó un touchdown. Manos golpeadas en el aire. Las llamadas de éxito, como si fueran el jugador real, llenaron el espacio aéreo desde el suelo hasta el techo. Parecía que los Sullivan y los Granville se habían unido. El hermano y las hermanas de Ali estaban en la mezcla de la familia de Eric, cómodos y tranquilos, como si hubieran sido amigos durante años.

Ali miró por encima del hombro en busca de alguna señal de Eric. Él salió primero de la cocina. Su madre lo siguió. Ali miró, esperando encontrar algo en su expresión que le dijera lo que su madre pensaba de su demostración antes de irse a buscar su vino. El rostro de Eric era ilegible, pero su madre tenía una sonrisa y un brillo en los ojos.

Ali se levantó y lo recibió cerca de la puerta del comedor. "¿Qué pasó allí?" preguntó tan pronto como su madre se desmayó y no pudo oírla. Dejó las copas de vino sobre la mesa y los dos tomaron asiento.

Estaba de espaldas a la habitación. Al tomar un sorbo de vino, sintió que tal vez necesitaría un refuerzo.

"Ella quería saber sobre Verónica".

"¿Que hay de ella?"

"Ella me preguntó si todavía sentía algo por ella".

"Y..." Ali también quería saber la respuesta a eso.

"No estás celoso, ¿verdad?" Él le sonrió y tomó su mano.

Ali entendió que estaba bromeando y estaba celosa. Pero ella no podía decirle eso. "Por supuesto que no estoy celoso". Hizo una pausa, sosteniendo su vaso con ambas manos. "Esto ya lo discutimos y lo resolvimos. No creo que tu madre estuviera realmente interesada en Verónica", dijo Ali.

"Ni siquiera estabas allí. ¿Como podrias saber?" -Preguntó Eric.

"Ella te estaba sondeando para obtener información sobre nosotros". La expresión de su rostro le dijo que había dado en el blanco. "¿Qué le dijiste a ella?"

"Que estaba enamorado de ti y planeaba pedirte que te casaras conmigo".

Alí se rió. "Seguro que lo hiciste."

"¿No me crees?"

"Si le hubieras dicho eso, habría salido de la cocina cantando tus alabanzas". Ella le impidió responder al continuar. "Lo sé porque es lo que haría mi madre".

Detrás de ella, Ali escuchó una conmoción. Su madre se dirigía directamente hacia ella. Ali se puso rígido, entendiendo que algo estaba por suceder. Ali miró a Eric. "No lo hiciste", dijo.

"Alí, ¿es verdad? ¿Por qué no me lo dijiste? dijo su madre. Estaba emocionada, su color se acentuó y una sonrisa en su rostro como la de George Bailey cuando se dio cuenta de que realmente era una vida maravillosa. "Debería haber sido el primero en saberlo".

"¿Qué?" -preguntó Ali. Sintió la mano de Eric apretar la suya. Ella lo miró, pero sus ojos perforaban los de su madre como si ella también lo hubiera traicionado.

La madre de Ali miró a Eric. "Creo que Eric tiene algo que preguntarte".

Ali desvió la mirada de Eric a su madre. Ella vio su rostro caer.

"Mamá, te pregunté…"

"Lo siento, Eric. No pensé que Gemma se apresuraría y soltaría la sopa".

"No entiendo", dijo Ali, pero la aprensión se apoderó de ella.

"Continúa, Eric", le indicó su madre. "El gato ya está fuera de la bolsa".

Ali miró la habitación. El comentarista de televisión continuó su jugada a jugada. El campo de hombres corpulentos se revolvió y corrió hacia la línea de gol, pero nadie en la casa los miraba. Todos los ojos estaban puestos en ella y Eric.

Eric tomó la mano de ella. "No es así como me lo imaginaba", le dijo. "Pensé que tendríamos una velada romántica y luego te lo preguntaría".

"¿Pregúnteme?" Había una advertencia subyacente a la pregunta de Ali. Él no podía estar dispuesto a hacer lo que ella pensó que haría. Esto no era parte del plan.

"¿Quieres casarte conmigo?"

Colectivamente, la sala contuvo la respiración. Ali también sostuvo el suyo. Sus manos se congelaron. Eric lo sintió, pero no apartó la mirada de ella. Ella tuvo que responder. No podía esperar demasiado o su madre empezaría a preocuparse o ella respondería por ella.

Ali lo miró. Una inesperada película de niebla le nubló los ojos. "Sí", dijo ella.

Los alientos fueron exhalados.

Eric se levantó y la abrazó. El la beso. Y luego la abrazó.

"Vas a pagar por esto", susurró Ali en su cuello.

* * *

Eric se aferró a Ali. Él no quería hacerla retroceder. Sin embargo, esta vez no fue porque le encantara abrazarla. No quería ver la mirada en sus ojos. Tenía lágrimas en ellas y, aunque los demás las interpretarían como las de una novia sonrojada, Eric sabía que no eran lágrimas de felicidad. Acababa de verse acorralado, detrás de una red de mentiras que se hacía más estrecha con cada día y con cada paso que daban.

Estalló el caos. Ali fue separada de Eric y abrazada por su madre, luego por su hermano y sus hermanas. La madre de Eric y su familia lo siguieron. Todos los felicitaban.

Se cambió el vino por champán y se brindaron por la feliz pareja. Eric siguió a Ali. Quería acercarse a ella y explicarle, pero algo o alguien lo detuvo.

"Esto es genial, Eric", dijo Quinn. "Ahora Galen y yo seremos liberados de la cámara de presión". Se rió y le dio una palmada en la espalda a su hermano. "En serio, me gusta Ali. Estoy seguro de que ustedes dos serán felices".

"¿Cuándo vas a conseguir el anillo?" Preguntó la madre de Eric.

"Tengo una idea." La madre de Ali intervino. "Tengo que devolver ese cuadro a la galería de Nueva York. ¿Por qué no vamos allí la semana que viene? Puedo devolver el cuadro y conseguir el correcto. Ustedes dos pueden ir a elegir un anillo y todos podemos almorzar en The Gaslight".

"No", dijo Alí. Su voz era un poco más enfática de lo que Eric sabía que esperaba.

Las dos madres la miraron fijamente.

"Lo siento", se disculpó. "Esto ha sido un poco abrumador. Eric y yo necesitamos un poco de tiempo para discutir las cosas". Ella tomó la mano de Eric y él inmediatamente la tomó y la acercó a su costado.

"Por supuesto", dijo su madre. Ella se adelantó y abrazó a Ali nuevamente. "Podemos hablar de esto más tarde".

Gemma Granville se volvió hacia la madre de Eric. Con toda la emoción de una novia, dijo: "Ann, vamos a celebrar una boda en la familia". Las dos mujeres se abrazaron y saltaron como niños.

Eric cerró los ojos y se preguntó cómo esto se había salido tanto de control.

* * *

¡Nieve! Los copos blancos e hinchados deberían haber sorprendido a Ali cuando salieron de la casa de los padres de Eric y regresaron a Princeton, pero no estaba de humor para preocuparse por el clima. Su vida se estaba desmoronando. Ambas familias todavía estaban celebrando, abrazándolos, despidiéndose con la mano, deseándoles lo mejor como si ya se hubieran casado y se fueran de luna de miel.

Los padres de Ali y sus tres hermanos se alojaban con ella. Sabía que habían dado una vuelta por la casa buscando evidencia de que ella y Eric vivían juntos o al menos dejaban ropa y varios artículos de aseo por ahí.

Aunque Eric había pasado la noche varias veces, no había dejado nada atrás, ni cepillo de dientes en el baño, ni ropa olvidada en el armario o en los cajones. Si lo hubiera hecho, Ali los habría encontrado y devuelto antes de que llegara su familia. Le había dado una buena limpieza al lugar. Aunque ni su madre ni ninguno de sus hermanos eran personas de guantes blancos, Ali siempre limpiaba como una loca cuando planeaban quedarse a pasar la noche. Ahora ella no volvería allí esta noche. Ella y Eric tenían mucho de qué hablar, si es que podía empezar a hablar.

"¿Que estabas pensando?" Ali lo atacó en el momento en que estaban en el auto. "Esto no era parte del plan. Nunca hablamos de comprometernos, nunca discutimos un compromiso. Esta... esta farsa se supone que habrá terminado para Navidad. ¿Ahora qué vamos a hacer?"

Eric la miró y suspiró profundamente, pero no dijo nada. De hecho, los dos permanecieron en silencio durante los veinte minutos que duró el viaje. Cuando dio el giro que conducía a su casa, Ali habló. "No me lleves a casa", dijo. "No voy a ir allí esta noche".

Eric dio media vuelta y se dirigió a su casa.

"Toda mi familia se queda conmigo. No sé qué admitiré si me tienen que abrazar y felicitar continuamente", dijo Ali. "Y créanme, querrán conocer todos los detalles que una persona recién comprometida debe conocer".

"Pido disculpas", dijo Eric mientras entraban a su casa. Encendió la luz de la sala y Ali entró.

Nada en su situación era blanco o negro. Había demasiadas sombras de gris, demasiadas sombras que no habían sido iluminadas.

Ali se sentó pesadamente. Eric se acercó a ella y se sentó frente a ella en la mesa del sofá. Él tomó sus manos.

"Lo siento", se disculpó nuevamente. "Nunca le dije a mi madre que estábamos comprometidos".

"Entonces, ¿de dónde sacó la idea?"

"Estábamos hablando de Verónica como te dije. ¿Recuerdas dónde estábamos cuando tú y Diana nos conocieron ese día?

Ali pensó un momento, preguntándose si eso podía importar. "Estaba en Nassau Street, cerca de la tienda de sándwiches".

"Estábamos parados frente a Varrick's Jewelry".

Ali frunció el ceño. "¿Entonces?"

"Verónica le dijo a mi madre que estaba mirando anillos de boda. Ella sacó conclusiones precipitadas. Luego todo se salió de control".

"¿Qué vamos a hacer ahora?" -preguntó Ali. "Un compromiso no era parte del trato".

"No cambia nada. Sabemos que no estamos realmente comprometidos".

"Eric, eso lo cambia todo", dijo Ali con frustración. "¿No lo ves? Nuestros padres están muy felices. Los hicimos felices con esto..." titubeó "...con este falso compromiso. Les romperá el corazón cuando nos separemos. Si hubiéramos estado saliendo juntos, aunque fuera exclusivamente, la separación no tendría el mismo impacto. Pero alguien con quien estás comprometido, alguien a quien le dedicas tu corazón lo suficiente como para querer caminar hacia el altar, ese es un nivel completamente diferente".

"Bueno, si no le damos mucha importancia, ellos no podrán. Y no están con nosotros todos los días, por lo que realmente no estarán involucrados".

"¿No escuchaste a mi madre cuando nos fuimos esta noche? Quiere que le envíe por correo electrónico una foto del anillo tan pronto como la reciba".

"Podemos hacerlo."

"Eric, no vamos a recibir un anillo".

Ali estaba volviéndose frenética. Deseó que este episodio hubiera terminado. Deseó no haber aceptado nunca este plan. La Navidad no podía llegar lo suficientemente rápido para ella.

Eric pasó de la mesa al sofá. Él la abrazó con fuerza. Ali se apoyó contra él, volviendo la cara hacia su hombro. Sus brazos la abrazaron con más fuerza. La cabeza de Ali latía con fuerza. Cerró los ojos y trató de relajarse, trató de dejar que los acontecimientos del día se desvanecieran como si tuvieran la sustancia de un sueño. Pero ella sabía que no era así. Estaban tan anclados a la tierra como el Empire State Building.

"Podemos ceñirnos al plan original", susurró Eric por encima de su cabeza.

"No tomamos en cuenta las cosas lo suficientemente bien", dijo. Su voz era baja y soñolienta. "Desde el principio no teníamos toda la información que necesitábamos".

"¿Qué fue eso?" -Preguntó Eric.

"Nuestras madres ya se conocían".

"Pertenecen a la misma hermandad de mujeres", dijo Eric.

"Es más que eso". Ali se apartó de su abrazo. Se sacó los pies de los tacones de cinco pulgadas y los recostó en el sofá. Abrazando sus rodillas lo miró. Dios, era hermoso. "Las cosas se complicaron demasiado. Parecía un plan sencillo. Ese fue el problema. Fue demasiado simple. No pensamos en el después".

"¿Después?" Eric cuestionó.

"Después de que rompimos. Después les dijimos a nuestros padres que ya no éramos pareja. No consideramos sus sentimientos. Quién hubiera pensado que las familias se reunirían, que se unirían tan rápidamente o que se unirían tan rápidamente. Después de diez minutos era como si se conocieran y se quisieran desde la infancia. Pero ahora, cuando nos separemos..." Se detuvo, no quería pensar en eso, pero tampoco quería que Eric supiera el tipo de efecto que tenía en ella. "Cuando nos separemos, provocará una ruptura".

"No puedo discutir eso". Hizo una pausa y luego miró a Ali durante tanto tiempo que ella se sintió escudriñada, sintió que estaba tratando de memorizar todo sobre ella. Tal vez estaba pensando en el momento en que no estarían constantemente juntos. Ali admitió que disfrutaba estar con él. Pensar en no volver a verlo era como cortarle el brazo. Abrazando sus rodillas con más fuerza, Ali se aseguró de que su brazo aún estuviera intacto.

"Tengo otro plan", dijo Eric.

Ali se puso tenso. Ella lo miró con ojos duros. "¿Necesito recordarte que el primer plan fue idea tuya? Mire adónde nos ha llevado eso".

"Te tiene sentada en mi sala de estar sin zapatos y con los pies en alto, luciendo toda la mujer segura que eres. Saldremos de esto", continuó. "Prometo".

Ali esperaba poder cumplir esa promesa. El escepticismo debió reflejarse en su rostro, porque Eric renovó su promesa.

"Ven aquí", dijo.

Ella bajó los pies al suelo y se dirigió hacia sus brazos abiertos. Ali se sintió segura allí. Ella sentía como si él pudiera arreglar todo. Que podría cumplir su promesa.

"¿Qué pensarán tus padres si no vuelves a casa esta noche?"

Ali se enderezó. "Oh", dijo, llevándose la mano a los pechos. "Nunca pregunté si podía pasar la noche. No quiero presumir".

Eric la detuvo. "Puedes pasar la noche".

"Estoy seguro de que mis padres estarán de acuerdo con esto. Incluso podrían esperarlo. Después de todo, estábamos comprometidos esta noche".

"Eso es muy progresista de su parte".

Ali se rió contra su pecho.

"¿Qué?" preguntó.

"No es que sean progresistas. Tú eres el que está pasado de moda".

"No soy." Después de un segundo, añadió: "¿Por qué piensas eso?"

"Mis padres vivieron juntos durante tres años antes de casarse. Estoy seguro de que en ese momento tuvieron relaciones sexuales y durmieron en la misma cama".

"Ah, pero ¿lo sabían sus padres?"

Ella sonrió. "No creo que alguna vez los sorprendieran, pero antes de los teléfonos celulares, el correo electrónico y el identificador de llamadas, estoy seguro de que uno de ellos contestó el teléfono cuando el otro padre llamó. Y salvo todo eso, la cena de Acción de Gracias sería un claro indicio de que una familia viene a quedarse y encuentra cepillos de dientes, zapatos y ropa colgada en el armario que no pertenece a su hijo".

"No tenemos nada de eso", dijo.

Ella lo miró a él. "No", dijo, su voz transmitiendo sus sentimientos. "No lo hacemos".

Eric se inclinó y la besó. Ali debería estar acostumbrada a que él la tocara con ternura. También debería estar acostumbrada a saber que él podía liberar a un animal tan feroz que la devastaría. Eso es lo que estaba haciendo ahora. Su boca cambió. Sus labios la atormentaron, prometieron, obraron magia en ella. Ali podía sentir la punzante electricidad que acompañaba su toque.

Sus manos se movieron sobre ella, recorriendo sus brazos y encontrando la cremallera en la parte posterior de su vestido. No lo bajó inmediatamente. Sus manos jugaron sobre la tela mientras su boca buscaba y encontraba la piel de su cuello. Ali jadeó ante la sensación que la atravesó ante su toque.

Su cuerpo interior respondió, excitándose por el movimiento de sus manos. Capturaron sus curvas, recorriendo su cuerpo como si fuera el suyo y él necesitaba aprender cada hendidura, cada contorno suave de la piel que la cubría. Piel que ardía de anticipación. El fuego estalló en su interior.

Ali se volvió audaz. Sus manos tocaron a Eric. Estaba cubierto. Su camisa de manga larga. Sus pantalones sobre piernas largas. Ali inició una cruzada para eliminarlos. Alcanzando el primer botón, lo deslizó por su agujero. Uno por uno, los soltó, liberando la camisa y exponiendo su pecho. Sus manos entraron dedo a dedo. Al pasarlos por encima de la piel, sintió la humedad que el calor del edificio estaba generando. Inclinando la cabeza, Ali presionó sus labios contra su pezón. Hacía calor, un calor abrasador. Sacó la lengua y lo probó. Él gimió, abrazándola y empujándola hacia atrás. Luego, en un tiempo inconmensurable, las manos de Eric agarraron su cabeza y acercaron su boca a la de él.

Su lengua se deslizó dentro, uniéndose a ella, apareándose con ella, barriendo profundamente su boca y sosteniéndola hasta que el aliento exigió que se separaran.

"Te necesito", dijo, su voz tan profunda que Ali solo podía entenderla porque había entrado en el mismo mundo privado donde solo ellos dos conocían el idioma.

"Lo sé", dijo. "Yo también te necesito."

Sujetándola al sofá, Eric se estiró sobre ella. Su cuerpo se movió sobre ella, subiéndole el vestido hasta las rodillas y luego más arriba. Su boca devoró la de ella. Unas manos le acariciaron los costados y se deslizaron por sus pechos. Su boca se movió hacia su cuello y sus hombros. La ropa era una barrera demasiado grande. Ali necesitaba, tenía que, deshacerse de ellos.

"Ahora", dijo.

Eric buscó debajo de su vestido y le quitó las medias y las bragas. En un instante de velocidad, él se puso de pie y la levantó. Se prescindió de su cremallera y su vestido cayó al suelo. Ali se pasó la camisa por los hombros y bajó por los brazos. Se cayó. En la penumbra, ella miró su forma. Sus manos lo esculpieron, lo crearon. Primero huesos, luego músculos, tendones, piel. Rociando el color del brandy oscuro, le pintó los brazos, los hombros, el vientre. Ella se inclinó hacia su cintura apretada y siguió las curvas de sus caderas y trasero hasta llegar a sus fuertes piernas y pies. Luego rodeó su erección. Ni un centímetro de su cuerpo había sido dejado al azar. Ella lo acarició, lo cubrió por completo.

Su cuerpo estaba duro y listo. Ella pasó sus manos sobre él, sintiendo el latido de la sangre que subía a sus manos. Sus manos se apretaron sobre ella, le apretaron la espalda mientras el deseo lo invadía. Su boca se abrió y sus manos se movieron como demonios veloces sobre su carne. El calor generado provocó quemaduras de segundo grado.

Juntos cayeron del sofá a la suave alfombra. Eric empujó la mesa de café a un lado y rápidamente se quitaron lo último de la ropa. Como los polos opuestos de un imán, se movieron juntos, volviendo a las posiciones que tenían antes. Eric sacó un condón del bolsillo de su pantalón y rápidamente se cubrió. Luego la alcanzó. Su enorme cuerpo la cubrió mientras su erección la penetraba.

"Dulce", gimió Ali, sosteniendo la palabra durante un período de tiempo interminable. Fue el sentimiento más dulce, el punto de entrada. El centro de su ser y Eric lo había encontrado. Empujó dentro de ella hasta que no hubo más de él para dar. Luego comenzó la carrera. Fue lento y fácil, contradiciendo el éxtasis pulsante que creó. La sangre corrió a través de ella a un ritmo igual a las sensaciones que se desataban dentro de ella.

Entrelazando sus dedos con los de él, Eric los estiró sobre su cabeza. La arrastró hacia arriba, arrastrándola con él mientras alcanzaban el límite de su altura horizontal. Él empujó dentro de ella, fuerte y rápido. Como un tambor, el sonido rítmico de la percusión los hizo estallar. Ali lo escuchó en su cabeza. Conectándose con el ritmo, trabajó con él, permitió que la guiara, la llenara. Trabajó con el sonido, manteniendo el ritmo. A medida que el sonido rugía y el ritmo aumentaba, ella hizo un mayor esfuerzo. Era cada vez más rápido, como si algún baterista loco estuviera marcando el ritmo. Dentro de ella, el mundo estaba en erupción. Brillantes ríos de pasión la empujaron hacia adelante, la impulsaron hacia adelante y hacia arriba, llevándola a alturas antes inalcanzables.

El hambre la guió, la obligó a dar una ronda más, luego otra hasta que fue incapaz de detener el ritmo demoledor que habían marcado. Ali se retorció y se retorció debajo de Eric, su cuerpo trabajando a un ritmo demoníaco. Los sonidos brotaban de ella mientras gruñía con cada feroz onda de choque que seducía su cuerpo. La bestia estaba dentro de ella, haciéndose cargo. Era enorme, hambriento, con una necesidad innegable. Quería más. Lo quería todo. Ella lo quería todo.

Llegó la explosión. Su voz se unió a la de Eric en un grito de liberación que lo consumía todo. Se desplomaron el uno sobre el otro. El sonido de una respiración entrecortada llenó la habitación. Ninguno de los dos intentó quedarse callado. Necesitaban aire y cada uno lo arrastraba hacia sus pulmones como si hubieran estado en un planeta sin oxígeno y hubieran regresado rápidamente a la tierra.

Eric todavía yacía sobre Ali. Ambos estaban empapados. Ambos todavía estaban tratando de recuperar la respiración para volver a la normalidad. Ali sintió el frescor del aire de la habitación. El ardiente ecuador de calor estaba disminuyendo. Eric se apartó de ella y se le escapó un gemido bajo.

"Cada vez", comenzó, necesitando tomar un respiro entre cada sílaba, "cada vez que estamos juntos, no creo que pueda mejorar. Y luego lo hace".

Capítulo 8

Eric ahora tenía ropa en la casa de Ali. No podía salir de su casa con el vestido que se había puesto para el Día de Acción de Gracias. Llevaba unos pantalones cortos de él y una camiseta con la palabra Invest Now escrita en el frente. Ali no sabía a qué hora llegó su familia, pero cuando abrió la puerta silenciosamente justo después del amanecer, la casa todavía estaba en silencio.

Fue a su habitación y rápidamente se puso unos vaqueros y un suéter. Después de su ritual matutino de cepillarse los dientes y limpiarse la cara, le dio sentido a su cabello y fue a la cocina a empezar a desayunar. Nadie apareció durante otra hora. Para entonces, Ali estaba tomando su segunda taza de café y sabía que hoy sería al menos un día de tres, si no cuatro, tazas.

"Te levantas temprano", dijo su padre, entrando a la cocina.

"¿Desayuno?" ella preguntó.

"Ese tocino ciertamente huele bien", dijo.

"Puedes comer una porción", le dijo Ali. "Mamá lo dijo".

"Supongo que ya ha estado dando órdenes".

"Ya conoces a mamá", bromeó Ali.

Ali preparó el desayuno y uno a uno apareció su familia.

"¿Disfrutaste la fiesta de ayer?" preguntó su padre. Estaba justo en medio de todo, pero fingió que la fiesta era nueva para él.

"Me lo pasé muy bien", dijo Sienna.

"¿Planeas volver a ver a Galen?" -preguntó Ali. Estaba bromeando con su hermana, esperando que no entraran en ninguna discusión sobre Eric y ella. Y el perverso error del compromiso que había desatado una granizada de miedo en su interior.

"No estoy segura", dijo Sienna. "Pero estoy seguro de que mamá te lo hará saber".

La conversación en la mesa repasó los acontecimientos sin incidentes del Día de Acción de Gracias. Pero entonces llegó Gemma Granville a la mesa y la dinámica cambió.

"Te prepararé un plato", le dijo Ali a su mamá.

"Está bien, puedo conseguirlo".

La habitación estaba llena de voces felices. La mamá de Ali tomó asiento y preparó su propio desayuno. Estuvieron sentados alrededor de la mesa durante casi una hora.

"Tengo que irme o perderé mi avión", dijo Sienna.

La actividad viajera llenó la casa y cada uno de sus hermanos recogió sus maletas y bolsas de viaje.

"¿A qué hora es tu vuelo?" Ali le preguntó a Sienna.

"Tengo que llevarme", dijo.

"¿Con quien?" -preguntó Ali.

Sienna se limitó a sonreír. "Él estará aquí pronto y tengo que ir a maquillarme".

Sienna no necesitaba maquillaje y rara vez usaba mucho. Ali no tenía ninguna duda de que Galen vendría a recogerla.

Al final resultó que, Ali no tuvo que llevar a nadie al aeropuerto ni a la estación de tren. Aparentemente, todos habían hecho arreglos por sí mismos. Se despidió con la mano y abrazó a sus hermanas y a su hermano mientras subían al automóvil que conducía Galen Sullivan y se dirigían al aeropuerto.

Cuarenta minutos más tarde, sus padres se subían a su todoterreno para emprender el viaje a casa.

"Mamá, ¿te oí decir que el cuadro estaba mal?"

Gemma Granville asintió. "¿No lo miraste?"

"Cuando lo sacó, ya estaba empaquetado y listo para funcionar. De todos modos, no es que supiera que no era el correcto. Nunca me dijiste de qué era una foto".

"Lo siento, pero no te preocupes por eso. He hecho arreglos para ir a la ciudad y hacer algunas compras navideñas. Lo devolveré y conseguiré el correcto".

Ali pensó que iba a salirse con la suya sin una discusión relacionada con el compromiso, pero debería haberse dado cuenta de que era una lógica tonta.

"¿Eric y tú habéis pensado en la fecha de la boda?" preguntó su madre desde su asiento en la camioneta.

"Nos comprometimos hace menos de doce horas".

"Junio es un buen mes", dijo su madre como si Ali le hubiera dado una cita.

"Te das cuenta de que se necesita un año para planificar una boda. Junio es un mes extremadamente popular. Podríamos estar hablando de un año a partir de junio".

"Tú estás en el negocio, Ali. Estoy seguro de que no tendrás que esperar tanto. Pide algunos favores". Su madre desestimó su argumento como si no significara nada. "Te diré que. Iré en un par de semanas y comenzaremos a planificarlo".

"Mamá, tengo cuatro bodas este mes. No tendré tiempo para otro. ¿Por qué no lo hacemos después de Navidad?

Ali sabía que todo el negocio terminaría antes de que fuera necesaria ninguna planificación.

Su madre parecía como si estuviera pensando en esto. "Supongo que eso sería mejor", estuvo de acuerdo. "Simplemente reservaré la iglesia y la recepción. Creo que puedo hacerlo con un par de llamadas telefónicas".

"No lo hagas, por favor". Había súplica en la voz de Ali. "Eric y yo necesitamos discutirlo primero. Entonces te lo prometo, te daremos una fecha y podrás volverte loco con los detalles".

Eso pareció apaciguarla. Su sonrisa era enorme. Metió la mano por la ventana y le dio a Ali un fuerte abrazo.

"Adiós querido."

"Adiós." Ali saludó a su padre y él retrocedió por el camino de entrada.

Debería estar enojada con Eric por ponerla en esta situación, pero no podía. Ella recordó anoche. Y si un compromiso pudiera resultar en eso, deberían comprometerse más a menudo.

* * *

Ali amaba a su familia, pero estaba muy contenta de verlos partir. Su madre y sus hermanas le arrancaron la promesa de enviarles fotos del anillo de compromiso tan pronto como lo recibiera.

El lunes, Ali había pasado dos días lavando sábanas, toallas, retirando los platos y restaurando su casa al lugar donde vivía. La ciudad estaba en pleno modo de compras. Las carreteras estaban constantemente atascadas de conductores que buscaban ofertas navideñas. Llegar a algún lugar a tiempo fue pura coincidencia.

También fue una época muy ocupada para las bodas de Diana. Ali celebró cuatro bodas en diciembre. Y estaba el desfile anual de moda de invierno que patrocinaba la oficina. Al principio, ella y Diana establecieron dos espectáculos al año para generar negocios. Los dos se habían transformado en grandes eventos con asistencia y ventas de SRO a la altura.

La camioneta estaba empacada y lista para ella y Diana. Renee y varios otros asociados se fueron ayer para preparar y preparar todo. Sólo dos personas permanecerían en la oficina y Ali también debería haberse ido, pero todavía estaba en su oficina repasando los detalles finales, buscando un velo en particular que Renee había llamado y le había pedido que trajera.

"¿Tenemos todo?" Preguntó Diana, entrando. Llevaba en la mano un bolso de vestir necesario para el desfile de moda.

"Pensé que todo estaba en la camioneta". Ali señaló la bolsa.

"Esto es una sorpresa", dijo Diana. Luego, al darse cuenta de que Ali buscaba a tientas entre las cosas, preguntó: "¿Qué estás buscando?"

"El velo del trébol". Ali abrió un cajón y apartó el contenido. Luego lo cerró y miró en otro cajón. Tampoco estaba allí. Al salir de su oficina, fue a buscar la de Renee. Encontró el velo en el tercer cajón, ya en una caja con una etiqueta. Regresó a su oficina.

"Las llaves", se dijo. "¿Dónde puse las llaves?"

"Yo conduciré", dijo Diana, levantándolos de debajo de una pila de muestras de tela. "Parece que no estás en condiciones".

Ali no lo era. Ella no discutió con su pareja. "Lo lamento. Simplemente tengo muchos detalles en mente". Sabía que Diana la había visto estresada antes, pero no tanto. No fue el trabajo. Era Eric y su compromiso. ¿Cómo pudo ella ir y enamorarse de él? ¿Cómo podría fingir el compromiso?

Los dos salieron y subieron a la camioneta que llevaba el logo de Weddings by Diana. Diana puso el vehículo en marcha y salió del camino de entrada. El desfile de moda se estaba celebrando en New Brunswick, a menos de una hora de distancia si el tráfico no los ralentizaba. Ninguna de las mujeres dijo una palabra hasta que Diana tomó la Ruta 27 y se dirigió hacia el norte. A esa hora, las interestatales tardarían mucho en llegar y estarían abarrotadas cuando llegaran a ellas.

"Ali, obviamente estás tenso. ¿Qué pasó? Dijiste que el Día de Acción de Gracias estuvo bien, pero creo que no fue así como resultó".

Ali echó la cabeza hacia atrás y cerró los ojos por un momento. "Eric me pidió que me casara con él".

"¡Qué!" Diana la miró largamente.

"En frente de todos. Mis hermanas y mi hermano. Sus hermanos. Ambos grupos de padres. No pude decir que no. Mi madre y su madre se pararon frente a nosotros prácticamente jadeando para que aceptara la propuesta. Pensé que se iban a abrazar y a saltar como niños felices cuando dijera que sí". Miró a Diana. "Entonces hicieron precisamente eso".

"¿Dijiste que si?" Diana casi gritó.

Ali asintió. "No había nada más que pudiera hacer".

ALGUIEN COMO TU: ¿EL PLAN PERFECTO TIENE UN FINAL SORPRESA?

115

"Ali, pensé que esto era un acuerdo temporal".

"Lo es", dijo Ali, pero ya no estaba segura.

Diana bajó la voz. Fue compasivo. Ella entendió parte de lo que Ali estaba sintiendo. "¿Que pasa ahora?"

"No sé. Aún no lo hemos descubierto".

"¿Cuándo fue la última vez que hablaste con Eric?"

"Mañana de viernes." Fue cuando dejó su cama, pero se guardó ese dato para sí misma.

* * *

El teléfono sonó y Ali automáticamente presionó el botón multimedia en el teléfono Bluetooth y luego habló al aire. Ella escuchó durante unos segundos. "¿Estás bromeando?" ella dijo.

Pasó más tiempo. Ali escuchó de nuevo. Diana miró ansiosamente.

"¿Qué pasa con Gracia?" Ali preguntó quién estaba al otro lado de la línea.

"No importa. Lo manejaré cuando llegue allí".

Irritada, colgó el teléfono.

"¿Qué pasa?", Preguntó Diana.

"Brianna se resfrió. Ella no podrá modelar. Y Renee no tiene sustitutos para ella".

Diana miró el bolso del vestido. "Ella tiene muchos atuendos".

"Y ya están en el pasillo. Renee dijo que intentaron encontrar un reemplazo, pero no hay nadie disponible". Ali se llevó una mano a las sienes y apretó. Le dolía la cabeza desde el Día de Acción de Gracias. No ayudó que este desfile aumentara su estrés y ahora no tenía a nadie que modelara una enorme colección de vestidos.

"Tú y Brianna sois del mismo tamaño. Y usted fue uno de los primeros modelos...

"No", dijo Alí.

"Necesitamos que alguien modele los vestidos. Ella tiene algunas de las mejores creaciones tuyas y vestirse y arreglarse detrás del escenario será totalmente incorrecto si alguien no la reemplaza".

"¿Puede salir mal algo más hoy?" Ali preguntó retóricamente.

Diana la miró y sonrió. "Eric podría aparecer".

* * *

La nieve no duró mucho. La temperatura subió hasta los cincuenta grados, derritiendo todos los vestigios dos días después del Día de Acción de Gracias. El día del desfile de moda, el municipio tenía tonos grises y marrones invernales, pero las luces navideñas que oscilaban en cada farola y poste de luz le daban al lugar un aspecto festivo.

"¿Qué estamos haciendo aquí?" —Le preguntó Quinn a Eric. Los dos hombres salieron del auto de Eric y se dirigieron hacia la puerta. Quinn vio el cartel que anunciaba el desfile de moda. "Lo entiendo. Ali debe estar aquí".

"Ella es."

"¿No pueden ustedes dos estar sin el otro por unas horas?"

"Podemos, pero ¿por qué deberíamos hacerlo?"

"¿Sabes que este lugar estará lleno de mujeres?"

"¿Cuándo te molestó eso alguna vez?" -Preguntó Eric.

"Cuando ya estén comprometidos".

Los dos hombres entraron. No sólo iba a haber un desfile de moda, sino que también se estaba celebrando una feria comercial. Se exhibió todo lo que cualquiera podría desear o necesitar para una boda. Eric y Quinn pasaron por vajillas, utensilios de cocina, fotógrafos, invitaciones, floristas, panaderías y joyerías. Incluso estuvieron representados agentes inmobiliarios, tiendas de muebles y firmas de diseño.

Quinn lo detuvo frente a una pantalla. Eric miró hacia abajo. Bandejas de anillos de compromiso brillaban sobre un fondo de terciopelo negro.

"¿Qué tal ese?" Quinn señaló un engaste de platino con una gran piedra encima. Parecía estar flotando en el mar negro.

"Me han dicho que nunca compre un anillo de compromiso sin la aprobación de la novia".

"¿Quien dijo que?"

"Hice."

Ambos se giraron para encontrar a Verónica parada allí.

"La última vez que nos vimos, estabas frente a un joyero", le dijo a Eric. "Hola, Quinn."

"Verónica, esto es una sorpresa. ¿Qué estás haciendo aquí?" preguntó Quinn.

Ella rió. "Obviamente nunca has estado en uno de estos espectáculos".

"Culpable", dijo.

"Los recién casados quieren novedad en sus vidas. Les gusta la decoración. Cualquier cosa, desde un apartamento hasta una mansión, está abierta a cambios. Y yo soy decoradora". En su mano había una pila de tarjetas de presentación y folletos. "Nuestro stand está allí". Señaló el final de la fila. "Los otros directores financieros están al final de esa fila, junto a los grupos de vestidos de novia y esmoquin. Ustedes obtuvieron la mejor ubicación. Todo el mundo va por los vestidos".

"¿Gerentes financieros?" Eric cuestionó.

"¿No es por eso que estás aquí?" Ella levantó sus cejas perfectamente arqueadas. "La gente analiza sus objetivos financieros a largo plazo cada vez más temprano". Ella movió su mirada entre los dos hombres. "¿Quieres decir que no estás aquí para ganar clientes potenciales?"

"Estamos aquí para el desfile de modas", dijo Eric.

"Espero que tengas entradas".

"¿Entradas?" Dijo Quinn.

Verónica se rió. "Ustedes están tan fuera de su elemento".

* * *

Renee estaba equipada con alfileres, botones, cinta métrica, aguja e hilo, y extras de todo. Ella tuvo que reemplazar a Ali, quien tuvo que reemplazar a su modelo Brianna.

"Te ves impresionante", le dijo Renee a Ali, quien dio un paso atrás y admiró el vestido de novia que llevaba.

Ali respiró hondo. No le tenía miedo a la pista. Había estado en muchas pasarelas, aunque no en los últimos años. El espejo frente a ella reflejaba su imagen. Ali intentó sonreírle a la mujer alta y delgada que había sido su mano derecha durante los últimos tres años.

"Renee, has visto cientos de novias".

"Nunca te he visto en bata, solo esa foto que solía colgar en tu oficina en el otro lugar".

Esa foto era de Ali con el vestido que había modelado para Diana y vendido justo en su espalda. De vez en cuando se preguntaba sobre la mujer que lo había comprado y si todavía estaría felizmente casada.

"¿Cuánto tiempo tenemos?" Preguntó Ali, deslizando un anillo en su dedo. Era un anillo de compromiso de diamantes falsos similar a los que llevaban las otras modelos.

"Unos diez minutos. Prácticamente todos los asientos están ocupados. Si podemos superar el caos aquí, el espectáculo debería ir bien".

Siempre fue caótico detrás de escena del desfile de moda, pero cada año salió bien. Ali se aferró a ese pensamiento. Diana actuaría como maestra de ceremonias como siempre lo hacía.

Ali vio venir a Diana. Caminaba rápido y su rostro mostraba el estrés que sentía Ali. Obviamente algo más había salido mal.

"Voy a revisar el escenario una vez más", dijo Renee. Había un equipo completo a cargo de ello, pero Renee era una persona detallista y se aseguraría de que todo estuviera bien antes de regresar para ser la cómoda de Ali y otras tres modelos.

"¿Listo?" —le preguntó Ali a Diana.

"Necesito que detengan el tren", dijo.

Diana se dio vuelta. Ali encontró el lazo en el medio del tren y lo subió hasta el tercer botón en la parte trasera. Le dio dos vueltas para asegurarlo.

"Allí", dijo Ali.

"Ahora puedo darme la vuelta sin tropezar ni patear el vestido".

Ali sabía que estaba bromeando. El vestido era uno de los diseños de Ali. Era uno nuevo. Diana siempre lució un nuevo diseño para el desfile.

"Es hora de empezar", dijo Diana.

Ali se giró para mirarse por última vez en el espejo. Ella fue el tercer vestido que salió.

"Hay una cosa más que creo que deberías saber", dijo Diana.

"¿Qué es eso?" Ésta era la verdadera razón por la que su amiga había venido.

"¿Recuerdas cuando condujiste hasta aquí cuando preguntaste si algo más podría salir mal hoy?"

Ali asintió. De repente se le cortó el aliento y luego empezó a jadear en busca de aire.

"Él está entre la audiencia. Última fila a la derecha".

* * *

Ali salió a la pista. Las luces brillantes la cegaron, pero no entrecerró los ojos ni miró hacia la última fila de la derecha. Con una sonrisa en su rostro, se concentró en la voz de Diana mientras describía el vestido. Ali giró y giró en el momento justo al final de la pista extra ancha. Usando su mano, hizo girar el tren hacia arriba y hacia arriba ante el inesperado grito de agradecimiento de la audiencia.

Mostró el vestido durante aproximadamente un minuto antes de dirigirse hacia atrás y salir a través de la cortina que se levantó cuando se acercó. Ali fue a la izquierda. El siguiente modelo entró por la derecha.

Ali exhaló con una mano sobre sus pechos mientras sus rodillas se debilitaban. De hecho, Eric estaba en la casa. Renee se apresuró a ayudarla a bajar los tres escalones y entrar al vestidor.

"¿Qué está haciendo él aquí?" murmuró para sí misma.

Si bien no lo había mirado directamente, Ali notó a Eric y su hermano. No estaba segura si era Quinn o Galen.

Renee inmediatamente comenzó a soltar los botones del vestido y a coger el siguiente vestido que iba a modelar.

"¿Tenemos empresas de inversión financiera en la feria?" -preguntó Ali.

"Tenemos algunos planificadores financieros de grandes empresas. Entonces sí."

Debe ser por eso que estaba aquí, pensó Ali. ¿Pero por qué no le dijo que vendría?

Se quitó el vestido y alguien se lo llevó para volver a colgarlo en la bolsa numerada que correspondía a su número de pedido. Ali se puso el siguiente vestido y Renee le cerró y abotonó la cremallera. Otro asociado le envolvió el velo alrededor de la coronilla. Ali podría haber sido un robot. Levantó los brazos cuando se lo dijeron, levantó los pies y se calzó, inclinó la cabeza para usar velos y cerró o abrió los ojos para maquillarse. Su mente no estaba en vestirse.

Fue en Eric.

Eric era presidente de su empresa de inversión. Alguien más podría estar a cargo de las ventas y no mencionar esta feria comercial en particular. O no mencionarlo por su nombre. Buscó excusas para él, una razón por la que estaría aquí.

Y el Día de Acción de Gracias, ese día desastroso, había proporcionado un giro tan inesperado en los acontecimientos que pensar en una feria comercial no podía haber estado en su mente.

Otros doce modelos habían subido y retrocedido las escaleras en el tiempo que le tomó a Ali cambiarse. Se acercó al borde de la cortina y esperó. Luego se trasladó al espacio central. Su cola estaba ajustada para que se arrastrara detrás de ella en una línea perfectamente recta. Su velo cubría su rostro dándole una pequeña sensación de invisibilidad y permitiéndole mirar en dirección a Eric.

Se levantó el telón. Ella se quedó allí un segundo. El público aplaudió. Ali le lanzó una mirada a Eric. Su sonrisa hizo que su corazón diera un vuelco. Aferrándose con más fuerza a las flores frescas en sus manos y contando mentalmente los pasos que dio antes de regresar al camerino.

"Ali, no aplastes las flores", amonestó Renee mientras tomaba el ramo. "Queremos usarlos más de una vez".

Ali no había notado las flores. Fueron donados por uno de los floristas participantes en la feria. Al mirarlos, se sorprendió al ver los tallos destrozados. Renee tomó una toalla y se limpió las manos de las manchas verdes.

Ali siguió la rutina cuatro veces más, con cuidado de no destruir los ramos. Comprobó la posición de Eric cada vez y él nunca se movió. Se preguntó si había sucedido algo. ¿Estaba esperando que ella fuera libre para decirle algo, como si tal vez le hubiera confesado el engaño a sus padres? ¿O había confiado en uno de sus hermanos y le habían contado la verdad? Un escenario desagradable tras otro pasó por su mente.

Su teléfono celular estaba en silencio y cuidadosamente guardado en su bolso. Se preguntó si había algún mensaje de su madre. Se preguntó si Verónica, a quien había visto inmediatamente después de entrar al edificio, de alguna manera había atraído a Eric hasta allí. Al decirse a sí misma que estaba siendo paranoica, Ali se concentró en no tropezarse.

"El último", dijo Renee, interrumpiendo sus pensamientos mientras se colocaba el último vestido sobre la cabeza. "Después de esto está el final".

Las palabras deberían haberla hecho sentir mejor. El programa estaba llegando a su fin, pero Ali sabía que cuando terminara, podría haber malas noticias al otro lado.

"¿Alí?" Renée la llamó.

Ali estaba parada frente a un espejo de tres caras que habían traído las modelos. Miró a Renée. La otra mujer parecía confundida.

"¿Qué es?" -preguntó Ali.

Renee había barrido el cabello de Ali hacia un lado y lo había fijado con un clip de diamantes de imitación en forma de S que tenía una red de velo adherida. El velo no cubría su rostro, sino que colgaba a un lado de su cabeza equilibrando la forma asimétrica del corpiño del vestido.

Ali se ajustó el velo.

"Estás muy distraída hoy", dijo Renee. "¿Todo está bien? Diana me dijo que guardara esto como una sorpresa para ti. Que te encantaría. Pero apenas lo miraste".

Ali miró hacia abajo y gritó, llevándose las manos a la boca y cortando el sonido.

"No entiendo", dijo Ali. "¿Dónde encontró esto?"

"¿Esta todo bien?" La preocupación entró en la voz de Renee. "¿Qué ocurre?"

"Nada nada." Ali bajó la voz a un nivel tranquilizador. Puso su mano sobre el brazo de Renee para tranquilizarla. "Simplemente no esperaba esto".

"¿Qué es?"

"El primer vestido de novia que diseñé y vendí". Ali se giró completamente, mirando la forma en que se movía el vestido. Dio algunos pasos de baile. Cuando concibió la idea, quería asegurarse de que la novia se balanceara como la de una bailarina profesional. Se detuvo y se miró de nuevo. Fue perfecto.

"Este es el de la foto", dijo Renee. "Casi no lo reconocí. Es mucho más bonito en persona".

"¿Dónde encontró Diana esto?"

"Ella no lo dijo. Sólo que fue una sorpresa". Renée se enderezó y admiró a Ali en el espejo. "Es hermoso. Cuando me case, quiero uno de tus diseños".

ALGUIEN COMO TU: ¿EL PLAN PERFECTO TIENE UN FINAL SORPRESA?

123

"Será mi regalo para ti". Ali sonrió y apretó el hombro de Renee.

Renee sonrió y luego continuó con sus deberes. "Es hora de subirte al escenario".

* * *

Ali atravesó la cortina. Un coro de oohs y ahhs surgió del público, y luego un largo momento de aplausos. Ali miró a Diana con una sonrisa en su rostro. Entre el público vio a la dueña del vestido, quien le hizo una señal con el pulgar hacia arriba.

Ali comenzó la caminata final, manteniendo la cabeza un poco más alta. Esta vez su sonrisa no estaba plasmada en su rostro. Fue genuino. Su novio, en este caso el marido de Diana, Scott, a quien se le había encomendado interpretar a uno de los modelos masculinos, le ofreció el brazo y la acompañó por el pasillo. Después de que ella terminó de mostrar el vestido, él la llevó a su último lugar frente a la capilla que se había erigido para la final.

Se sentía bien con el vestido. Así es como quería sentirse el día de su boda, vestida con un vestido de su propio diseño y dirigiéndose hacia el hombre que amaba. Sus ojos se dirigieron directamente a Eric cuando surgió ese pensamiento. Nuevamente le sonrió y las entrañas de Ali se derrumbaron. Scott la agarró del brazo con más fuerza y ella se estabilizó. Las otras modelos terminaron sus rutinas y al final formaron un cortejo de bodas de quince novias, cada mujer con su novio. Ali imaginó la imagen que presentaban.

Cuando cada una de las modelos ocupó su lugar en la fila final que finalizaba su presentación, un estruendoso aplauso estalló en la sala. Las novias permanecieron como estaban, todas sonriendo. Ali sabía que estaban aliviados de que el espectáculo hubiera terminado, pero también orgullosos de que se hubiera desarrollado sin demasiados fallos, todos ellos detrás del escenario. El fotógrafo contratado y muchos de los invitados tomaron fotografías.

Eric y su hermano (ahora lo reconoció como Quinn) se acercaron, cada uno con un teléfono celular tomando foto tras foto. Ali quería irse, pero quedó atrapada hasta que la última cámara brilló y se respondió la última pregunta. Eric no hizo ninguna pregunta. Se quedó de pie con los brazos cruzados y observó y esperó.

¿Por qué no estaba en su puesto hablando con la gente sobre invertir en su futuro? ¿Por qué permanecía en un segundo plano, como un pretendiente que espera a su novia? Ambos sabían que a pesar de sus acciones el Día de Acción de Gracias, los dos no estaban comprometidos y no era probable que lo estuvieran.

* * *

Tradicionalmente, cuando terminaba el desfile, las modelos dejaban puesto el vestido final mientras se mezclaban con la multitud, permitiéndoles ver los diseños e imaginar cómo se verían con el vestido. Había un mostrador de información y pedidos con formularios, tarjetas de visita y folletos sobre los servicios de planificación de bodas. Las novias también pueden concertar citas para pruebas o servicios de consultoría.

Normalmente, Ali y Diana permanecían en el escritorio después del espectáculo mientras los consultores empacaban todo. Hoy, ambos trabajaron en la sala, dejando el trabajo a otros dos consultores que se habían ofrecido como voluntarios para esa tarea.

Cuando las modelos abandonaron el escenario, Eric se adelantó y tomó la mano de Ali. Su hermano estaba detrás de él.

"Te ves hermosa", susurró Eric. La tomó entre sus brazos y la besó en la mejilla. Ali estaba nervioso. Por qué, ella no lo sabía. Cuando él retrocedió, su mano bajó por su brazo y la levantó. El anillo de diamantes falsos brillaba allí. Sus ojos se encontraron con los de ella y ella vio la pregunta en ellos.

"Todos usamos anillos", explicó. "Después de todo, la novia está comprometida". Ali se arrepintió de las palabras tan pronto como cayeron.

Quinn se disculpó para mirar la feria comercial. "Realmente va a mirar los modelos", dijo Eric cuando se fue. "¿Están todos comprometidos?"

"Una pareja. Los demás son principalmente modelos que contratamos para el día".

"¿Por qué estás modelando?"

"Una de las modelos está enferma. Somos del mismo tamaño. Yo participé porque ella tenía algunos de los vestidos más nuevos y sin ellos habría habido un gran vacío en la presentación". Se detuvo por un momento. "Y Diana me convenció".

Él asintió y dejó caer su mano.

Ali sintió que una frialdad se apoderaba de él cuando ya no estaba conectado con ella. "¿No deberías estar en tu stand, hablando con clientes potenciales?"

"No tenemos un stand aquí. Pero si hubiera sabido que habría tanta gente interesada en invertir, habría pasado la idea a Marketing".

Sus cejas se alzaron. "Si no estás aquí por negocios, ¿por qué estás aquí?"

"No hemos hablado desde el Día de Acción de Gracias", dijo. "Y ese día no salió como esperábamos. Quería asegurarme de que estabas bien".

"Así que viniste aquí". Ali extendió las manos.

"Así que vine aquí", dijo. "A esta guarida dominada por mujeres donde la gente habla de destinos de cristal, encaje y luna de miel".

La multitud que los rodeaba se acercó más, obligándolos a acercarse el uno al otro. Ali podía oler la colonia de Eric. El embriagador aroma le recordó cuando sus cuerpos estaban separados por nada más que el deseo sexual.

Los latidos de su corazón aumentaron. La empujaron por detrás y la empujaron hacia los brazos de Eric. Incluso sin el empujón ella ya estaba a punto de abrazarlo.

"Sé que no estamos realmente comprometidos", susurró. "Pero que hayas venido aquí, a un lugar en el que dijiste que no querías estar, es lo más romántico que alguien haya hecho jamás por mí".

Eric la empujó hacia atrás y Ali supo que estaba a punto de ser besada, pero una voz detrás de ellos lo detuvo.

"Ustedes dos hacen una pareja encantadora. Sólo puedo imaginar cómo será tu verdadera boda".

Eric mantuvo su brazo alrededor de su cintura mientras se giraban para ver a Verónica.

"Felicidades." Miró la mano de Ali. "Hermoso anillo."

Ali levantó la mano. Tanto ella como Eric miraron fijamente la gran piedra. Ninguno de los dos corrigió a Verónica. Quería saber qué estaba pensando Eric, qué estaba sintiendo. Ali era la que supuestamente estaba comprometida con Eric, pero sentía como si tuviera una lágrima en el corazón. Cuando terminara su camuflaje, ¿a quién buscaría Eric? ¿Estaba dispuesto a correr el riesgo otra vez? ¿Ali le había hecho ver que podía volver a amar?

"¿Ya has fijado una fecha?" Preguntó Verónica.

"Todavía no", dijo Eric.

"Bueno, felicidades de nuevo". Verónica miró a Ali como si hubiera perdido un premio. Pero Ali sabía que ella era la que había perdido.

Capítulo 9

Ali se dejó caer en el sofá, cansado por el esfuerzo de ayudar a Eric a cargar un pino gigantesco desde el garaje hasta su condominio.

"¿Por qué tuviste que estacionar tan lejos de la puerta?" preguntó ella, sin aliento.

"No estás tan fuera de forma". Él dejó de apoyar el árbol contra la pared al lado de la chimenea y la miró. "No estás fuera de forma en absoluto".

"Bueno, estoy acostumbrado a correr y levantar pesas, no a llevar objetos de formas extrañas que me apuñalan las manos y la cara con agujas".

"Recuerda, esta fue tu idea", le recordó Eric. "Y sólo lo llevaste desde el coche".

"Podría arrepentirme antes de que esto termine".

"No lo creo", dijo.

Ali escuchó la necesidad en su voz. Anteriormente ella había comentado sobre la falta de adornos navideños en su condominio. Cuando ella era pequeña y todos sus hermanos vivían con sus padres, siempre colocaban su árbol justo después del Día de Acción de Gracias. Ali preguntó dónde los guardaba y se sorprendió al saber que no tenía ninguno. Fue idea suya que fueran de compras. Juntos compraron un árbol, un mundo de bombillas y luces de colores, una guirnalda para la chimenea y una variedad de adornos.

Eric puso música navideña y Ali fue a la cocina. Sirvió dos tazas de sidra de manzana y las calentó en el microondas. Cuando regresó a la sala, Eric estaba encendiendo la chimenea. El condominio tenía todos los toques modernos y sostenía una estructura empotrada con mampara de vidrio que quemaba gas y podía encenderse con una cerilla. Estaba colocado en lo alto de la pared y no producía humo ni vapores.

Eric aceptó la taza y tomó un sorbo. Lo colocó sobre una mesa auxiliar y atacó las muchas cajas y bolsas que estaban tiradas en el suelo. Al encontrar el soporte del árbol, trabajó rápidamente para instalarlo. Ali abrió las bolsas y organizó el contenido en secciones: luces, adornos, ángel para la cima, temporizadores, alargadores, falda del árbol, guirnaldas y más. Incluso con organización, la habitación estaba llena de bolsas y cajas desechadas.

"Creo que hemos sobrecomprado", dijo Eric.

Ali negó con la cabeza. Observó mientras Eric trabajaba. Durante un largo momento ella no pudo quitarle los ojos de encima. Él estaba de espaldas a ella y ella era libre de mirarlo fijamente. Sus brazos eran fuertes bajo el suéter que llevaba. Completaba su forma y Ali no tenía dudas de los músculos que ocultaba. Los quería a su alrededor.

"Ahí", dijo Eric. Sacudió el árbol para asegurarse de que estuviera en el soporte y se mantuviera lo suficientemente fuerte como para que no se cayera. Se volvió hacia Ali. "Tu turno."

"Este es un esfuerzo de grupo", le dijo. "Decoramos juntos". Ella le entregó una caja. "Las luces primero".

Mientras se movían de un lado a otro y alrededor del árbol durante la siguiente hora, las decoraciones desaparecieron rápidamente de sus cajas, convirtiendo el árbol en una obra de arte brillantemente iluminada. Alrededor de la chimenea había una guirnalda de ramas de pino. Las tarjetas navideñas que había apilado sobre una mesa estaban metidas en la guirnalda que colgaban alrededor de la entrada de la habitación. Eric movió su taza e intercaló la mesa con velas aromáticas y varias estatuas de Papá Noel. Ali encendió las velas y la fragancia de las galletas navideñas impregnó el aire.

"Eso es todo." Eric retrocedió y comprobó su trabajo. Dejándose caer en el sofá, comprobó las casillas que aún estaban sin abrir. "Compramos en exceso".

"No hemos terminado", dijo Ali. Tomando su mano, ella lo levantó. Él avanzó y sus brazos rodearon su cintura mientras su cuerpo entraba en contacto con el de ella. Ali levantó la vista mientras su cabeza descendía y la besaba. Ali quería permanecer en su abrazo. Ella levantó los brazos y rodeó su cuello. Durante un largo momento el beso continuó. Sus rodillas se debilitaron y se obligó a empujar hacia atrás.

"Necesitamos mantener la cabeza", dijo.

"Tengo mi cabeza", dijo, besándola de nuevo. "Es tu cabeza en la que estoy trabajando".

"Tenemos que terminar esto", insistió.

"Pensé que habíamos terminado".

Ali retrocedió. "Esta habitación está terminada, pero hay otras habitaciones".

"¿Decoramos todo el condominio?"

"¿Nunca hiciste esto cuando eras más joven?"

"Decoramos la sala familiar, donde estaba el árbol. En la cocina, mamá sacó unos paños de cocina rojos y verdes, pero eso fue todo".

Ali cogió un pequeño árbol iluminado de una caja.

"¿A dónde va eso?"

"Sígueme."

Ella entró en su dormitorio.

"Me preguntaba cómo iba a traerte aquí".

Ali le lanzó una mirada de advertencia. "Trae la caja pequeña con el Kwanzaa kinara", le dijo. Colocó el árbol sobre una mesa y lo enchufó. Las luces blancas dieron a la habitación un brillo suave. Eric se acercó por detrás y le rodeó la cintura con los brazos. Besando su cuello, colocó el candelabro junto al árbol y la abrazó contra él.

"¿Necesitas algo más?" preguntó.

"Ni una sola cosa", dijo. Lo esquivó, Ali salió de la habitación y terminó las decoraciones. Colocó toallas en la cocina como Eric dijo que había hecho su madre. En el comedor, colocó un camino rojo y dorado sobre la mesa y colocó una canasta con campanillas plateadas en el centro. Diez minutos después, miró a su alrededor.

"¿Ya está todo hecho?" -Preguntó Eric.

"Todo excepto enchufar las luces".

De vuelta en la sala de estar, Ali apagó las luces de la habitación y tomó asiento. Eric accionó el interruptor y las luces del árbol se encendieron.

Eric se unió a ella, con el brazo apoyado en el respaldo del sofá y apoyado en su hombro.

"Tienes razón", dijo.

"¿Acerca de?"

"Las decoraciones. No sabía cuánto los extrañaba. Gracias por hoy, por comprar y ayudarme a recortarlo".

Ali lo miró. A la tenue luz del árbol, era aún más guapo. Sus ojos se posaron en su boca. Mordiéndose el labio, trató de evitar avanzar hacia él. Ella apoyó la cabeza en su hombro, se acurrucó en su brazo y miró hacia el árbol.

"Se ve mucho mejor que si hubieras contratado a un decorador para hacerlo", dijo.

El brazo de Eric apretó su hombro mientras la ayudaba a acomodarse a su lado. "Estaba pensando lo mismo."

"Grandes mentes..." Eran pareja, pensó Ali con una sonrisa. Si tan solo él sintiera lo mismo que ella. Ali permaneció en silencio durante un largo rato. Ella y Eric observaron el fuego y observaron el árbol. Me vinieron a la mente conversaciones anteriores que habían tenido. Pero la propuesta de Acción de Gracias estuvo en la cima.

"Tengo una pregunta", dijo Ali. Sabía que era un momento inapropiado para preguntarlo, pero no podía seguir así. Ella estaba en sus brazos. Se sentía segura y cálida y quería quedarse allí, pero tenía que saberlo.

"Dispara", dijo Eric.

"¿Recuerdas cuando tuvimos la conversación sobre conocer a alguien? ¿Encontrar a tu único e inigualable?

Sintió que el brazo que la rodeaba se ponía rígido. Todo su cuerpo hizo lo mismo, aunque ella sabía que él estaba tratando de controlarlo. Estaban demasiado cerca, demasiado conectados entre sí.

"¿Has encontrado a alguien?" Su pregunta se formuló en palabras distintas, a cada una con el mismo peso, como si necesitaran luchar para alcanzar un sonido audible.

"Yo no", dijo Ali. "Pensé que, dado que te topaste con Verónica, podrías tener dudas sobre nosotros". El impacto de la palabra nosotros la golpeó. Sonaba como si fueran una pareja real y este fue un momento decisivo en su relación. Ella siguió adelante. "Sobre lo que estamos haciendo".

Eric puso su mano debajo de su barbilla y la levantó hasta que ella lo miró a los ojos. "Ella no es mi única".

Ali no pensó que podría contener las lágrimas, así que cerró los ojos. Ella sintió sus labios rozar los de ella y se convirtió en un beso. La mano de Eric pasó por el cabello sobre su oreja mientras la besaba profundamente.

* * *

Varrick's Jewelry se fundó el mismo año que la Universidad de Princeton y mantuvo su ubicación actual a medida que la pequeña ciudad universitaria crecía hasta su tamaño actual. Ali se preguntó cuántos graduados habrían cruzado la calle principal de Princeton y comprado un anillo de compromiso durante todo el tiempo que existió la tienda.

Eric abrió las puertas de vidrio con manijas doradas que formaban una V. La tienda albergaba algunas de las joyas más bellas del mundo. Ali cerró la puerta y se hizo a un lado. Se paró frente a una de las ventanas. Detrás del cristal había un collar de diamantes. En el centro había una piedra enorme, completamente rodeada de rubíes. Fue hermoso.

Ali le dio la espalda. No quería que Eric viera el asombro en su rostro ante una belleza tan exquisita que la dejaba sin aliento.

"Eric, ¿por qué estamos aquí? Solo quedan unas pocas semanas antes de que terminemos con esta farsa. No necesito un anillo de compromiso".

"Tu madre quiere una foto y la mía me llama casi todos los días y me pregunta si tenemos el anillo y si hemos fijado la fecha".

"Puedo usar ese anillo que tenía en el desfile de moda. Es difícil distinguir entre eso y un diamante real".

Eric frunció el ceño. "¿No crees que nuestras madres podrán notar la diferencia?"

Ali sabía que lo harían. "No en una fotografía y estoy seguro de que puedo evitar a tu mamá por tres semanas más. Estaré trabajando en varias bodas durante ese tiempo y no estaré disponible para visitas".

"Y cuando aparecen en tu puerta, sin previo aviso. ¿Qué harás entonces?"

"Pensaré en algo", le dijo Ali. Ella sabía que podía suceder. Cuando su padre habló en el simposio, lo hizo de forma improvisada. Su padre podría haber venido solo, como solía hacer cuando iba a hablar en las universidades. Su madre había venido a Princeton para ver cómo estaban ella y Eric.

"¿Por qué no entramos y miramos?", sugirió Eric. "Ya estamos aquí".

Eso se parecía mucho a la primera cena que tuvieron juntos. Comieron porque ya estaban en el restaurante. Y mira adónde la había llevado eso.

A pesar de sus protestas, Eric hizo entrar a Ali. Con todo el tráfico navideño, entrar en Varrick's fue como encontrar un santuario. No había multitudes corriendo a su lado, ni madres frenéticas compitiendo por el juguete de moda de la temporada.

Ali siguió a Eric. Fue directo al mostrador sosteniendo anillos de compromiso como si hubiera estado allí antes. Entonces recordó que él había estado casado. Pero él era muy joven entonces y su negocio era nuevo. Dudaba que él hubiera podido permitirse un anillo de Varrick.

"Eric, realmente no necesito un anillo". Mientras lo decía, Ali miró en el estuche las configuraciones que se mostraban. Contuvo la respiración para no hablar con entusiasmo de lo que vio. "Estoy seguro de que podemos decirles a nuestros padres que queremos encontrar al adecuado antes de comprometernos. O que piensas regalármelo en Navidad. Dado que esto habrá terminado para entonces, no deberíamos comprar uno".

"Si no elegimos un anillo, probablemente nos elijan uno y nos digan que es un regalo de bodas. Como dije, miremos. Si no te gusta nada, podemos irnos".

ALGUIEN COMO TU: ¿EL PLAN PERFECTO TIENE UN FINAL SORPRESA?

133

Cuando salieron una hora más tarde, Ali llevaba un impecable anillo de compromiso de diamantes de talla cuadrada. Lo sentía pesado y extraño en su mano. Sabía que había intentado disuadir a Eric de abandonar el ring, pero en secreto le encantaba. A pesar de que su pretensión no iba a durar mucho más y no había ninguna razón para que ella tuviera un anillo, especialmente uno que tuviera más de cinco quilates y costara lo suficiente como para rivalizar con la mitad del inventario en Weddings by Diana. Aun así, a Ali le encantó.

Eric tomó su mano y miró la enorme piedra. "Mi madre lo esperaría y estoy seguro de que la tuya también lo esperará". Prácticamente podía leer su mente.

Por supuesto él estaba en lo cierto. Ali lo miró fijamente bajo el brillante sol de diciembre. Era una piedra preciosa. Y le gustó cómo se veía en su mano. Hacía que sus dedos parecieran largos y elegantes. Lamentaría devolvérselo.

"¿Por qué le preguntaste al joyero si podía devolverlo?" Eric preguntó cuando estaban en la calle.

"No crees que lo conservaría", dijo, sorprendida de que él pensara que lo haría. "Aunque se ve muy bien en mi mano". Ella estiró los dedos para abrirlos. Lo había hecho al menos cincuenta veces desde que Eric lo levantó y se lo puso en el dedo. No era como el que había usado para el desfile de moda. Este era un verdadero diamante. Tenía importancia. Representaba a dos personas que querían vivir sus vidas juntas.

"¿Te sientes como una novia?" -Preguntó Eric.

"Lo soy", dijo sorprendida.

"La próxima vez que vengan nuestros padres, puedes mostrarles el anillo".

"No tendremos que esperar para eso", dijo Ali.

Eric abrió la puerta de su auto y Ali entró.

"¿Por qué no?" preguntó cuando estuvo sentado y saliendo de un espacio de estacionamiento que otro auto estaba esperando para ocupar.

"Mi madre ya me llamó para preguntarme si había elegido algo y que no me olvidara de enviarle una foto".

"Entonces ella sabía que ibas a recibir un anillo".

"Ella asumió".

Momentos después, Eric detuvo el auto en el camino de entrada. "Parece que no necesitarás enviar una foto", dijo Eric. "Tienes invitados".

"No reconozco el coche", dijo Ali.

"Pertenece a mi madre", dijo Eric. Al detenerse junto a él, Ali vio a su madre en el asiento del pasajero.

"Mamá", llamó. Ali salió del auto y corrió a saludarla. "Pensé que estabas..." A medio camino de donde estaba Gemma Granville, Ali se detuvo. Por la expresión del rostro de su madre, Ali supo que algo andaba mal.

Pensando que algo podría haberle pasado a su padre, corrió hacia adelante.

"¿Qué pasa?", Preguntó. "¿Papá? ¿Papá está bien?

"Esto no tiene nada que ver con tu padre".

"Siena, Sierra..."

Levantó la mano para impedir que Ali revisara la lista completa de familiares. "Nada que ver con ninguno de ellos. Es sobre ti."

"Y tú." La madre de Eric le dirigió su comentario. La dureza de sus palabras fue suficiente para contener una inundación.

"¿Como pudiste?" Dijo Gemma Granville, con un ligero tirón en la voz.

"¿Cómo podría qué?"

"¿Fingir tu compromiso?"

* * *

Los cuatro permanecieron en el fresco aire de diciembre, sin palabras. Ali tocó el anillo en su dedo, sintiéndose como un niño sorprendido haciendo algo malo. La tensión a su alrededor era como un factor de escalofrío que reducía la confianza y el amor que siempre habían sido parte de sus vidas colectivas. Ali se sintió entumecido. ¿Cómo lo supieron?

"Será mejor que entremos y discutamos esto". Eric pareció permanecer racional. Tomó a Ali del codo y la condujo hacia la puerta. Sus padres lo siguieron.

Ali encontró su llave con algunas indicaciones. Eric lo tomó y abrió la puerta principal. Una calidez la invadió mientras encabezaba la pequeña procesión a través del vestíbulo hasta la sala de estar. La frialdad del exterior había desaparecido. Se sentía acalorada y tensa. Se sentaron uno frente al otro, ella y Eric a un lado, sus padres como acusadores al otro.

"¿Como lo descubriste?" Ali le preguntó a su madre.

"Como si eso importara", dijo. "Gene Restonson nos lo dijo".

Ali frunció el ceño. "¿Gen quién?"

"El galerista de Nueva York. ¿Recuerdas que te dije que me equivoqué de pintura? Bueno, Ann y yo lo devolvimos hoy. Y mientras le contaba a Gene lo románticamente que Eric te propuso matrimonio el día de Acción de Gracias, nos contó que ustedes dos aceptaron engañarnos.

Ali hizo una mueca al recordar esa conversación. No había pensado que nadie pudiera oírlos. La galería estaba vacía. Pero cuando sacó el cuadro, estaba justo detrás de ella. Ya no tenía importancia. Sus padres sabían la verdad.

"Estoy muy herida y enojada", dijo su madre. Había ese problema en su voz otra vez. "¿Por qué ustedes dos pensaron que necesitaban mentirnos?" Miró a Ali, luego a Eric y nuevamente.

"Mamá, realmente no lo hicimos. Querías que nos agradaramos... y lo hacemos. Ali miró a Eric en busca de confirmación. Él tomó su mano con seguridad, pero no pareció afectar a las dos madres. Se sentaron frente a ellos en sillas individuales. Ali tenía la sensación de que se trataba de un tribunal y que ella y Eric ocupaban dos asientos como testigos. El problema era que eran culpables.

"Pensamos que si creías que realmente nos estábamos acercando el uno al otro, dejarías de..." Se detuvo, no queriendo empeorar las cosas diciéndoles que dejaran de entrometerse.

"Continúa", dijo su madre, levantando ligeramente la barbilla. "¿Qué pararíamos?"

"Enviándonos citas a ciegas, comentando sobre nuestro estado de soltería", dijo Eric.

"Y te alegraste mucho cuando te dije que íbamos a seguir viéndonos", explicó Ali.

"¿Crees que yo, nosotros..." usó su mano para abarcar tanto a la madre de Eric como a ella misma "... queremos tanto que estés casado que necesitabas fingir una relación?"

Ali se negó a responder. Sostuvo la mirada de su madre pero no respondió a la pregunta.

"¿Y qué pasa con esa propuesta del Día de Acción de Gracias?" Le preguntó la madre de Eric. "¿Ibas a llegar tan lejos como para planear una boda falsa?"

"Por supuesto que no", respondió Eric. "Íbamos a romper justo antes de Navidad. Te sentirías decepcionado, pero dejarías de hacer las pruebas matrimoniales por un tiempo".

"Mamá", Ali vaciló. "Lo lamento. Nunca quise hacerte daño."

"Bueno, lo has hecho. De hecho, toda la familia. Tus hermanas ya hablaban de ser damas de honor. Y aunque tu padre nunca lo dijo, se alegró de que finalmente hubieras encontrado a alguien que cuidara de ti.

"Y estaba pensando en ser finalmente la madre del novio", se dirigió Ann Sullivan a ambos. "Pensé que ya habrías superado a Veronica y Chloe y estarías lista para comenzar una nueva vida, pero veo que estaba equivocado".

Ali miró a Eric. "¿Quién es Cloe?" ella preguntó.

Ann Sullivan se quedó helada. Ali notó su reacción, pero la pregunta quedó sin respuesta cuando habló la madre de Ali.

"¿Puedo asumir que ustedes dos no están enamorados el uno del otro?" -Preguntó Gemma Granville. Ali necesitó todo el coraje que tuvo para mirar a Eric. Ella no sabía qué decir. Ella quería que él respondiera primero. Quería saber por qué le había hablado de Chelsea y Veronica, incluso le había presentado a la mujer, pero no mencionó a nadie llamado Chloe.

"No lo somos", dijo finalmente. Su respuesta fue para las dos madres, pero su mirada nunca abandonó el rostro de Ali.

Ali sintió una daga clavarse en su corazón.

* * *

Las dos madres parecían sorprendidas. Incluso si esperaban confirmación, no estaban preparados para ello. El doctor Sullivan se puso de pie y Gemma Granville hizo lo mismo.

"¿No habrá boda?" dijo Gemma.

Ali negó con la cabeza. Tenía las manos en el regazo. Ella había quitado el que Eric estaba sosteniendo cuando sus ojos le dijeron que los comentarios de su madre eran ciertos. Sintió el peso del diamante de talla cuadrada en su dedo anular. Lo giró para que la piedra no fuera visible.

"No hay boda", dijo Ali.

"Bueno", dijo el Dr. Sullivan con un suspiro de resignación. "Entonces me iré". Se volvió hacia Gemma. "Te veré más tarde."

Fue hacia la puerta y la abrió. Eric se puso de pie. "Mamá", la llamó, pero ella siguió caminando y salió a la tarde de diciembre. Momentos después oyeron arrancar su auto.

"Ali, te llamaré más tarde", dijo por encima del hombro mientras él también se dirigía hacia la puerta.

Ali se levantó y lo llamó. Ella lo siguió hasta el vestíbulo. En la puerta ella lo tomó del brazo para detenerlo. Inmediatamente, ella dejó caer la mano como si su toque le quemara. Vieron a su madre retroceder por el camino de entrada y alejarse.

"No olvides esto". Ali miró el enorme anillo en su dedo durante varios segundos. Luego se lo quitó y se lo entregó. "Recién lo recibimos hoy. Estoy seguro de que lo recuperarán".

"Necesito irme ahora, pero esto no ha terminado. Te llamare." Eric rápidamente besó su mejilla y se fue. Ali sabía que su espectáculo para los padres se había vuelto tan natural que su beso todavía era parte de la farsa. No veía la necesidad de seguir conversando. No habían querido una relación desde el principio. Ahora que todo estaba a la luz, no había necesidad de hacer nada excepto esperar que pudieran arreglar la brecha abierta con sus familias.

Observó cómo el segundo auto en el camino de entrada salía y se dirigía en la misma dirección que el anterior. De vuelta en la sala, su madre estaba parada en el mismo lugar.

"¿Podemos hablar?" -preguntó Ali.

"¿Hay algo más que decir?"

"Lo siento", comenzó Ali.

Podía ver emociones jugando en sus rasgos, luego desaparecer cuando una nueva reemplazó a la anterior.

"Sé que estás decepcionado de mí. Pero tenía una buena razón. Al menos eso pensé. Te amo y sólo quería complacerte".

"¿Pensaste que un romance falso me complacería?"

"Estabas tan feliz cuando pensabas que estábamos saliendo. Cuando Eric me propuso matrimonio, pensé que se te saldría el corazón del pecho".

Su madre miró al suelo y luego volvió a mirar a Ali. "Era. Pensé que finalmente habías encontrado al hombre de tus sueños y en lugar de dirigir la boda de todos los demás, finalmente podrías tener tu día".

Ali se acercó a donde estaba su madre. Sólo un pie los separaba. "Eso pasó, mamá". Se tomó un momento para tragar.

La expresión del rostro de su madre pasó de la confusión a la aprensión y finalmente a la comprensión.

"Estás enamorada de él". Lo dijo como una persona que lucha con un idioma extranjero, y la comprensión finalmente hizo que todas las palabras tuvieran sentido.

Ali asintió, incapaz de hablar debido al nudo que le obstruía la garganta. "Él no lo sabe. No era parte del plan. Pero sucedió y no hay nada que pueda hacer al respecto".

Madre e hija se miraron durante un largo rato. Entonces Gemma Granville tomó a su hija en brazos y la abrazó como si fuera una niña de cinco años que se hubiera raspado la rodilla.

"Vamos, hagamos un poco de té", dijo su madre. "Puedes contarme todo al respecto, empezando por el principio".

* * *

Dos días después, Eric no podía recordar los detalles que siguieron a la conversación con su madre y la de Ali. Lo que quedó grabado en su memoria visual fue que Ali había preguntado quién era Chloe y la pregunta quedó sin respuesta.

Eric le había hablado de Veronica, le había dicho que había estado casado con Chelsea, pero nunca le había mencionado que estaba a punto de casarse por segunda vez. Ali fue honesto con él, pero se contuvo. El motivo no importaba. Chloe ya no lo lastimó. Así como Verónica era noticia vieja, Chloe había encontrado su lugar en los confines de su mente. Su traición ya no le dolía. No sentía nada por ella, pero la había mantenido en secreto. Todos lo hicieron, excepto Quinn. Quinn mencionaría el nombre de Chloe, pero el resto de su familia siguió el ejemplo de Eric y nunca la mencionó. Todos sabían lo herido que se había sentido por ella al aceptar su petición no solicitada de no mencionarla nunca.

Sentado en su sala familiar, podía ver a Ali dondequiera que mirara, incluso en su teléfono. La imagen de ella con el vestido de novia en el desfile de moda surgió cuando seleccionó su número. Ella sonrió desde la pantalla chica, inocente de la noticia que cambiaría su opinión sobre él cuarenta y ocho horas después de que se tomara esa foto.

En su mano estaba el anillo de compromiso que le había comprado. A pesar de lo que la gente decía acerca de que los diamantes eran fríos, podía sentir el calor, el calor de Ali. Se sentía como un canalla, un idiota, un imbécil. Dejando el anillo sobre la mesa, levantó su taza de café y tomó un sorbo.

Él le dijo que la llamaría. Pero no lo hizo. Habían pasado dos días desde que habló con ella. Eric había abierto su teléfono cien veces y buscado su número, su foto, pero no se atrevió a presionar el botón de llamada. ¿Qué podría decir? ¿Lo entendería? ¿Podría hacerle entender?

Al mirar su foto, le dolía el corazón. Nunca quiso lastimar a Ali, pero de alguna manera lo había hecho. Había roto su confianza. No importaba que su relación no fuera real. No importaba que no estuvieran realmente comprometidos o casados. Tenían un trato. Habían hecho un pacto y él se la había ocultado.

Eric saltó cuando sonó el teléfono que tenía en la mano. Esperaba que la foto de Ali desapareciera y apareciera la foto del identificador de llamadas, pero permaneció en la pantalla. Fue ella. Eric tragó con fuerza. Quería hablar con Ali, pero no estaba preparado. El teléfono sonó una segunda y una tercera vez. Si no respondía ahora, saltaría el buzón de voz.

Presionó el botón de contestar y saludó.

"Hola", dijo Ali. Eric se inclinó hacia adelante en la silla y acercó el teléfono a su oreja. Su corazón latía tan rápido que apenas podía oírla. Sin embargo, el sonido de su voz le levantó el ánimo.

"¿Cómo estás?" preguntó.

"Me gustaría hablar contigo."

"Creo que es una buena idea. ¿Debería venir?

"No", dijo ella.

"¿No?"

"Estoy afuera. ¿Puedo entrar?"

Eric estaba en la ventana de su condominio en un segundo. Miró hacia el estacionamiento. Ali lo miró, sosteniendo su teléfono en la oreja. Le hizo una señal para que subiera e inmediatamente fue a abrir la puerta.

Cuando ella entró en la casa, él se obligó a no correr hacia ella y abrazarla. Entró y Eric tomó su abrigo y lo arrojó sobre la barandilla del pasillo antes de llevarla a la sala familiar. El sol se estaba poniendo y la habitación se había quedado a oscuras.

Ali miró a su alrededor. "El fuego se está apagando", dijo.

Eric no recordaba haber hecho un fuego. Se dirigió al hogar y añadió más líquido que quemaba los cristales. Saltaron chispas, pero se extinguieron rápidamente.

"Hablé con mi madre", dijo Ali cuando se dio la vuelta. Ella estaba sentada en el sofá donde él había estado hace sólo unos momentos. "Volvemos a ser amigos. Le conté todo". Ali hizo una pausa. El tiempo se extendió entre ellos como si fueran ex amantes que no se hubieran visto en años y no supieran qué decir después de "hola". Ali levantó su vaso y tomó un sorbo de café.

"Yo también hablé con el mío. Estamos caminando sobre cáscaras de huevo".

"¿Crees que lo solucionarás?"

"Voy a intentarlo."

Ella sonrió y él supo que ella lo aprobaba. Ali recogió el anillo que había dejado junto a su taza de café.

"Veo que no lo devolviste", dijo.

Eric negó con la cabeza.

"¿Por qué no?"

"Sin razón. No he vuelto a la tienda".

"¿Pero lo vas a retirar?" -cuestionó Ali-.

Sentándose junto a ella, dijo: "Nos he metido en un buen lío".

Ella asintió con una sonrisa. "Es una lástima que no nos hayamos enamorado y hecho que todo fuera real".

Eric la miró fijamente. Quería decirle que se había enamorado de ella, pero su declaración le dijo que el amor era unilateral.

"Eso habría resuelto todos nuestros problemas". Hizo una pausa y tomó un trago. "Pero eso no sucedió".

"No, no fue así".

Sintió que estaban hablando como dos personas que querían decir algo pero se negaban a hacerlo. Sabía que era su turno de explicar. Dejando su taza sobre la mesa, miró a Ali y tomó una de sus manos.

"Chloe", dijo, pronunciando sólo una palabra.

Ali esperó.

"Debería haberte hablado de ella".

"Entiendo que no nos contamos todo sobre nuestro pasado. El punto es discutible ahora", dijo. "Dado que ya se acabó el proverbial jig, no necesito saberlo".

Eric mantuvo su mano en la suya. Él ignoró su comentario. Quería contarle sobre Chloe. Aparte de Quinn, nadie conocía toda la historia.

"Fue un romance de cuento de hadas. Nos conocimos en un picnic el año antes de que yo terminara la universidad. ¿Recuerdas cómo fue eso?

Ali asintió.

"¿Tuviste novio ese año?" preguntó.

"Sí", dijo, pero no dio más detalles.

"No tenía novia", admitió Eric. "Salí con muchas mujeres, pero no había ninguna en especial. Entonces allí estaba ella, sentada en la arena, toda dorada y marrón. Ella era como miel para una abeja y había toda una colmena de abejas zumbando a su alrededor. No pensé que tuviera una oportunidad. Así que miré pero no entré en la lucha por su atención".

"Antes de que te dieras cuenta, ella estaba parada en algún lugar cerca de ti". Ali completó el pensamiento por él.

"Algo así", dijo. "¿Como supiste?"

"Es cosa de mujeres". Ella lo dejó así.

"No nos volvimos a ver despúes de eso. Conocí y me casé con otra persona. Cuando eso se disolvió, comencé mi negocio. Despegarlo me llevó todo mi tiempo. Un día vino Chloe con su tía para hablar sobre planificación patrimonial".

"Comenzaron a verse", afirmó Ali.

Eric asintió. "Yo trabajaba día y noche, pero ella estaba ahí cuando tenía tiempo libre. Ella fue comprensiva, divertida y fácil de hablar. Incluso me ayudó sólo para estar conmigo. Pensé que ella era muy diferente de Chelsea. Estaba interesada en el negocio, interesada en mí".

"Y entonces te enamoraste", sugirió Ali.

"Lo hicimos. Y estábamos planeando nuestra boda. No teníamos encaje blanco ni flores de azahar. Íbamos a salir una tarde y casarnos.

"¿Pero eso nunca sucedió?" -cuestionó Ali-.

"Llevábamos saliendo poco más de un año", dijo Eric.

Se detuvo y Ali esperó. Eric sabía que ella pensaba que había más en la historia. Y ahi estaba.

"¿Qué pasó?" ella preguntó.

Incluso ahora, cinco años después, todavía le resultaba difícil hablar de ello. "Chloe estaba teniendo una aventura con otro hombre. Los encontré juntos. Discutimos y ella me abandonó".

Ali jadeó. "Lo siento mucho."

Eric no quería continuar, pero sabía que tenía que hacerlo. "Cuando ella se fue, ambos estábamos enojados. Ella saltó al auto y se fue. Pensé que estaba sola pero luego descubrí que estaba con un chico. A menos de un kilómetro de nuestro apartamento hubo un accidente. Condujo demasiado rápido y perdió el control. Chocó contra un poste telefónico. Ambos murieron. La autopsia reveló que estaba embarazada. El niño no era mío".

"Oh, Dios mío", dijo Ali. Ella se acercó a él, lo abrazó fuerte y se abrazó, brindándole el apoyo que necesitaba. "No puedo imaginar cómo debes haberte sentido".

"Fue difícil por un tiempo", dijo. Él mantuvo sus brazos alrededor de ella, percibió el olor de su cabello, la suavidad de su cuerpo. Ali no se parecía en nada a Chloe. Era su propia mujer, con sus propios objetivos. No se apegaba a nadie como Chloe lo había hecho con él. Chloe se había contentado con aferrarse a sus faldones, dejarle hacer el trabajo y apoyarla. Tenía poca ambición y, tan pronto como tuvo el anillo en la mano, nunca volvió a venir a la oficina. Eric se preguntó si ella alguna vez lo había amado o si simplemente él era el que tenía mayor potencial.

No miró a Ali. Él sabía que estaba enamorado de ella, pero ella también lo asustaba. Chloe le había hecho un mal y no era culpa de Ali, pero después de su experiencia con su esposa y luego con Chloe, ¿podría confiar en otra mujer de la misma manera que había confiado en Chloe? Cuando hizo sus votos ante Dios y sus amigos, lo hizo en serio. Esperaba pasar su vida haciendo al Chelsea rico y feliz. Eso había cambiado. Luego apareció Chloe y sintió como si esto fuera amor verdadero. Pero eso también se había derrumbado. Verónica añadió a su jarrón rosas negras. Al igual que Chloe, ella lo había traicionado. Pero ella no tenía sus garras tan profundamente clavadas en él como las tenía su ex prometida.

"Sé que es difícil lidiar con lo que te pasó", dijo Ali. "Y ahora creo que entiendo mejor a tu madre".

"¿Mi madre? ¿Como es que?"

"Chloe rompió tu confianza. Eras más joven y tenías menos experiencia con el mundo. Creciste en ese momento".

"No puedo discutir eso", dijo.

"También decidiste hacerlo solo. Las mujeres no eran dignas de confianza. Incluso cuando los amabas, te decepcionarían".

Eric nunca antes lo había oído decir de esa manera. "Eso no es del todo cierto. Salí con muchas mujeres. Simplemente nunca encontré el correcto". Cuestionó la caracterización de Ali.

"Realmente no querías hacerlo. Usaste tu trabajo como muleta para terminar una relación. Usaste tus relaciones pasadas como una razón para no arriesgar tu corazón por otra decepción".

"He salido contigo más que cualquier otra mujer", dijo.

Ali sonrió. "Porque estoy a salvo. Tuvimos un acuerdo desde el principio. No había ninguna posibilidad de que nos acercáramos a una relación. No hay peligro de que cruce tu línea en la arena. No hay riesgo de que desafíe tu corazón".

Qué equivocada estaba, pensó Eric. Ella había afectado su corazón más que cualquier otra mujer. Y eso incluía a Chloe. Eric no pudo decir cuándo sucedió, pero así fue.

"Dijiste algo sobre mi madre".

"La misión de tu madre es ayudarte a encontrar a alguien que reemplace a Chloe en tu corazón".

"Te aseguro que Chloe ya no está en mi corazón".

"Tal vez", dijo. "Tal vez no."

"¿Qué pasa contigo?" -Preguntó Eric. "¿Ese tipo todavía está en tu corazón?"

"¿Chad? Lo era, pero ya no es parte de mi vida. Y ya no tiene control sobre mí".

Le dio unas palmaditas en la mano. "Somos una pareja".

"Pero no una pareja".

Capítulo 10

La nieve llegó durante las vacaciones. Cayó con fuerza, cubriendo el suelo y todo lo que encontraba a su paso. Era blanco y hermoso, pero para Ali sólo aumentó su depresión. Para el 15 de diciembre, había varias capas en el suelo y se avecinaban más.

No estaba de humor para ir de compras, pero quedarse en casa era peor. Ella optó por el centro comercial. Deambuló por las tiendas, mirando pero sin comprar nada. Su mente no estaba en encontrar el regalo perfecto para sus seres queridos. Ella había tenido su don. Lo tuve y lo perdí. Ella miró su mano desnuda. El anillo de compromiso había estado en su dedo anular el tiempo suficiente para que ella entendiera cuánto lo extrañaría. Si bien solo había estado allí unas horas, ahora sentía como si le hubieran quitado parte de la mano.

Aún así, ella amaba a Eric y no había nada que pudiera superarlo.

Nada podría cambiar las cosas tampoco. Cogió un bolso y lo abrió pensando en su hermana Sierra. Los bolsos eran cosa de Sierra. Un momento después, Ali sacudió la cabeza y la volvió a colocar en la pantalla. Sólo tenía diez días para terminar sus compras, pero hoy no iba a lograr ningún avance.

Al salir del centro comercial, Ali caminó lentamente hacia su auto, sin prestar atención a la nieve que caía. Su cuerpo estaba cubierto cuando abrió la puerta y se puso al volante. Mientras presionaba el botón de encendido, sonó su teléfono. El panel de la radio se encendió, indicando una llamada de Eric. Su corazón dio un vuelco y dejó escapar un pequeño grito de alegría cuando su nombre apareció en la pantalla.

¿Que está mal? Ella se preguntó. Hablaron de cosas y se separaron. No eran pareja. ¿Por qué estaba llamando? Presionó la pantalla, aceptando la llamada.

"Sí", dijo ella.

"¿O?"

"Sí."

"¿Estás bien?"

La voz de Eric la tomó por sorpresa, aunque sabía que él la estaba llamando. "Estoy bien."

"¿Estás en tu auto?"

"Sí", dijo ella.

"¿Estás conduciendo con este clima?"

Miró alrededor del estacionamiento. A pesar de la nieve, el aparcamiento estaba lleno. "Aún no. Acabo de subir al auto".

"¿Dónde estás?"

"En el centro comercial. Fui de compras navideñas". Ella no le dijo que no había comprado nada. Ella no preguntó por qué llamaba. Ella sólo quería seguir escuchando su voz. "¿Dónde estás?"

"Hogar."

Ali no tenía nada más que decir. El tiempo se extendió entre ellos.

"Te llamo por la invitación", dijo Eric.

"¿Qué invitación?"

"Lo has olvidado", afirmó. "Nos invitaron a la fiesta navideña de Stephen y Erin, el chico de mi oficina. ¿Sigue encendido?

"Tienes razón. Lo olvidé".

"Sé que ya no pretendemos estar comprometidos, pero aceptamos la invitación. ¿Crees que deberíamos ir o cancelar?

Su corazón cantó. Podría pasar otra noche con él. Quizás él la miraría de manera diferente. Ella ya no era un medio para alcanzar un fin. Tal vez podrían simplemente ir y divertirse. Quizás podrían empezar de nuevo.

"¿Como una primera cita?" Bromeó, sin saber si sus palabras realmente sonarían así a través de la tecnología inalámbrica.

Ella lo escuchó reír. "En realidad nunca tuvimos una primera cita, ¿verdad?"

"¿Iremos entonces?" ella dijo.

"Iremos. Te recogeré el sábado a las ocho.

"Estaré lista", dijo. Colgaron. Ali puso el coche en marcha y se dirigió a las oficinas de Weddings by Diana. De repente se sintió agradecida por todas las bodas de diciembre. Agarrando su bolso, salió. Sus pies prácticamente volaron por la nieve.

Necesitaba un vestido nuevo y allí era donde podía conseguirlo.

* * *

Los trajes que Eric había elegido y descartado eran seis. Ralph Lauren, Hugo Boss, Gucci, Prada, Dolce & Gabbana y Giorgio Armani yacían en la cama, uno o dos se habían resbalado al suelo. Sostenía un Versace en la mano izquierda y un Brioni en la derecha. Ganó Brioni.

Llevaba marcas excelentes para las reuniones con clientes, pero esa noche quería lucir lo mejor posible. Hacía mucho tiempo que no se vestía para impresionar. Sin embargo, quería impresionar a Ali. Eric sacó el traje de la percha y empezó a vestirse. Se puso una camisa de vestir y recogió los gemelos que Quinn le había traído de Irlanda hacía tres años.

Una vez que el secreto de Ali y él salió a la luz, las cosas entre ellos se desviaron. Extrañaba verla. Llevaban meses juntos y se veían prácticamente a diario. Le gustaba su forma de reír, cómo parecía atraer la vida hacia sí y no quejarse de ello. Le gustó que ella abrazara a la familia. Le gustó que ella lo convenciera de recordar lo feliz que podía hacerlo un árbol de Navidad. Y su forma de hacer el amor fue más allá de lo descriptible. Ella era más de lo que esperaba y quería seguir viéndola. Quizás esta noche podrían llegar a un acuerdo. Empezar de nuevo. Esta vez sin la interferencia de los padres. Podrían tomarlo con calma. Él estaba dispuesto a ir tan lento como ella quisiera, si es que así lo deseaba.

El pensamiento lo detuvo en seco.

Recordó su primera noche juntos. Ninguno de los dos quería tener una cita a ciegas, pero aun así se dio cuenta de que había algo en ella que lo atraía. Con el paso del tiempo, verla cada vez más se convirtió en lo correcto. Entonces la revelación los separó.

Un par, no un par, había dicho. Volvieron a sus vidas normales. Sólo que para Eric las cosas ya no eran normales. Quería una nueva normalidad. Quería pasar sus días y sus noches con ella. Quería ir adonde la vida los llevara.

Esta noche sería el primer paso.

* * *

El sábado por la noche, Ali había alterado por completo el vestido de diseñador. De pie frente al espejo de su dormitorio, se examinó. El vestido era de gasa. De color verde navideño. El corpiño sin tirantes estaba hecho completamente de canutillos verdes y blancos. La falda se movía sobre sus piernas como si quisiera bailar. Su cintura estaba definida por una ancha cinta roja que formaba una rosa en la base de su espalda, cuyas serpentinas caían al suelo en dos puntas afiladas.

Se había recogido el pelo a los lados y lo había asegurado con peinetas de cuentas que hacían juego con el vestido. Los rizos caían en cascada por su espalda. Atrapó un mechón rebelde, lo aseguró y se volvió hacia la puerta.

Eric la estaba esperando abajo. Levantó la vista cuando escuchó sus pasos. Las palabras debieron haberle escapado porque se quedó con la boca abierta y la miró fijamente como si nunca la hubiera visto antes.

"Lamento haberte hecho esperar", dijo.

Él se acercó a ella, tomó su mano y la miró de arriba abajo. "Estaba bien vale la pena."

Ali escuchó una gran cantidad de significado en esas pocas y simples palabras. Él se inclinó hacia adelante y le tocó la mejilla con la suya.

"Claramente serás la mujer más guapa de la fiesta de esta noche".

"¿Eso crees?" ella preguntó.

"Lo sé."

"Entonces sin duda seremos la pareja de la noche porque te ves lo suficientemente bien como para comer".

La expresión de su rostro se oscureció. Pudo ver que la necesidad inundaba sus ojos. Ali sintió que su propio cuerpo comenzaba a excitarse.

"Será mejor que nos vayamos", dijo Eric. Aunque nada me gustaría más que saltarme la fiesta y quedarme aquí.

Ali quería lo mismo. "¿A Stephen realmente le importaría si no apareciésemos?"

Eric la miró profundamente a los ojos. "Él lo consideraría un desaire. Y no estoy seguro de qué mensaje enviaría al personal".

"Entonces será mejor que nos vayamos. No queremos iniciar ningún rumor".

Cogió el abrigo que había dejado tirado sobre el sofá. Eric lo recogió y se lo sostuvo. Ali deslizó sus brazos dentro y Eric se los puso sobre los hombros. Sus manos descansaron allí por un momento. Ali se reclinó hacia él. Sus ojos se cerraron al sentir su cuerpo. Lo recordaba, lo sabía, lo anhelaba. Él rodeó sus brazos y juntos permanecieron como uno por un momento.

Ali se giró entre sus brazos y levantó la cabeza. Estaba a punto de decirle a Eric que dejara que Stephen se preocupara, cuando él se alejó.

La nieve había parado, pero aún quedaba una capa en el suelo. La fiesta estaba en pleno apogeo cuando llegaron. Eric la presentó a los anfitriones y tomaron una copa.

"¿Estas son las personas con las que trabajas?" -preguntó Ali.

"Algunos son clientes, pero principalmente el personal de la oficina".

"Entonces, ¿quién se ocupa de la tienda? Pensé que realizabas una operación de veinticuatro horas".

Tomando un sorbo de su bebida, dijo: "Hay un equipo mínimo de servicio. Las cosas avanzan lentamente en esta época del año".

ALGUIEN COMO TU: ¿EL PLAN PERFECTO TIENE UN FINAL SORPRESA?

151

"Stephen tiene una casa hermosa", comentó, mirando la casa colonial. Las decoraciones eran hermosas y parecía que tenía hijos. Había fotografías en varios de los adornos del árbol.

"¿Bailamos?" Eric interrumpió sus pensamientos. Dejó su vaso en una bandeja cercana y él la llevó a la habitación que obviamente había sido despejada para bailar. Las parejas ya estaban en la pista y un DJ se encargaba de la música.

En los brazos de Eric ella se alejó flotando. Cerrando los ojos, siguió sus pasos. Tal como ella predijo, el vestido bailó. Ali era sólo la médium que lo llevaba, y ella era la que sentía la seguridad de ser sostenida por Eric. Ella aspiró el olor de su colonia, permitiendo que la embriagadora mezcla reavivara las sensaciones que él provocaba en ella. Su mente no pensaba con claridad, pero le quedaba suficiente capacidad mental para hacerle saber que estaban en una pista de baile y no solos en su casa o en su condominio.

Lo que realmente le sucede al cuerpo humano en el Titanic

¡Qué le sucede realmente al cuerpo humano en las profundidades del Titanic!

Página 60

Cuando terminó la música, deseó poder irse. Quería estar a solas con él, pasar juntos el poco tiempo que les quedaba, no en medio de otras personas. Ali notó que una mujer los miraba. Ella sonrió. La sensación de que tal vez la mujer conocía a Eric de repente la puso celosa.

"¿Quién es ese?" ella preguntó.

Eric miró en la dirección indicada por Ali.

"Ella es una socia comercial. Trabaja para la oficina de Princeton de una gran corporación financiera. ¿Por qué?"

"Ella nos mira como si supiera un secreto. ¿Han salido ustedes dos?

Él sonrió. "¿Celoso?"

La esperanza obvia en su voz no pasó desapercibida para Ali, sin embargo, sospechaba que estaba mezclada con sarcasmo. Se recordó a sí misma que estaban aquí sólo por un acuerdo previo.

"No respondiste mi pregunta".

"La respuesta es no. Nunca salí con ella".

Ali miró hacia atrás. La mujer ya no estaba. A su paso, había dejado una pregunta en la mente de Ali. Lo dejó a un lado y se concentró en Eric.

"¿Esta fiesta es anual?"

Eric asintió. "Stephen y su esposa lo han organizado todos los años desde que empezó a trabajar para mí. Incluso antes de eso".

"¿Has venido todos los años?"

"La mayoría de ellos. Hubo momentos en que estaba fuera del país, pero si estaba en la ciudad, estaba aquí".

Un flujo constante de personas se acercó para hablar con Eric. Él la presentó cada vez. Él era el dueño, por lo que era natural que la gente buscara su atención. Ali tenía un mal presentimiento a medida que avanzaba la noche. Pensó que estaban más interesados en ella que en hablar con Eric. Sin embargo, no sentía que fuera el tipo de curiosidad sobre con quién estaba saliendo el jefe. Había un trasfondo que no podía definir.

Después de varias conversaciones, Eric le pidió que volviera a bailar. Ella cayó fácilmente a sus brazos. Ahí era donde ella quería estar. Bailaron igual que antes, sólo que esta vez Ali mantuvo los ojos abiertos y observó a los demás bailarines. Notó que varias personas se giraban para mirarlos y luego susurraban. Se preguntó qué pasaba.

Se disculpó y fue al baño de mujeres para revisar su maquillaje. Antes de doblar la esquina que le habían indicado, escuchó a dos mujeres hablando. Y entonces supo el motivo de todas las miradas.

"¿La viste?" alguien susurró.

"Hice. Ella es maravillosa. Puedo ver por qué Eric la tiene en su brazo", habló otra mujer.

"Ojalá me hubiera puesto en su brazo", respondió el primero.
"Si tienes que compararte con ella, siempre perderás. Este sabor
supera a todos los demás por una milla".

Todos los demás, Ali estaba consternado. ¡Dulce de brazo!
Pensaban que era un dulce para los brazos.

Ali quería decir algo, confrontar a las dos mujeres. Quería hacerles
saber que tenía cerebro y que ella y Eric no eran una sola cosa. ¿Pero
qué podría decir ella? Ella realmente no conocía a Eric. Habían
intercambiado cosas sobre el otro, sobre su pasado, pero no habían
hablado de intereses comunes. Sabía que las mujeres lo adulaban,
obviamente mirándolo incluso cuando caminaba con él. Ella no
conocía su pasado. Aparte de Chelsea, Chloe y Veronica (y Veronica
definitivamente era un placer para la vista), Ali no sabía que había
salido con suficientes mujeres como para que sus empleados las
consideraran nada más que el fruto actual de la temporada. Esto la
incluía a ella. Y a ella no le gustó. No quería ser agrupada con una clase
invisible de mujeres a las que nada les interesaba más que ser vistas con
un hombre guapo.

Cuando volvió a entrar a la fiesta, se topó con Stephen.

"¿Pasando un buen rato?" preguntó.

"Maravilloso", mintió, pero su sonrisa estaba en su lugar.
Aprovechando su experiencia en servicio al cliente, no quería que él
supiera cómo se sentía realmente.

"Déjame traerte una bebida".

No estaban lejos de un bar que habían preparado para pasar la
noche. "Vino blanco", dijo, y Stephen levantó el dedo indicando que a
él también le gustaría uno.

"Eric dice que tienes esta fiesta todos los años", comenzó con lo
primero que le vino a la mente.

"Hacemos. Mi esposa dice que le recuerda las fiestas a las que asistía
durante esa época cuando era más joven".

"También solíamos ir a muchas fiestas durante esta temporada", le dijo Ali.

"Ahora trabajamos todo el tiempo", dijo Stephen.

"Eric dijo que sus horarios son erráticos".

El barman colocó sus vasos en la barra y ellos los tomaron, alejándose para que otra pareja pudiera pedir bebidas.

"Suyas son. Para el resto de nosotros, intenta en la medida de lo posible mantenernos en cuentas domésticas para que podamos regresar a casa a horas razonables".

"No deja mucho tiempo para la vida social", dijo en voz baja, y luego se dio cuenta de que él la había escuchado.

"Lo hace bien", dijo Stephen.

Ali decidió cambiar de tema. No quería que ninguno de sus sentimientos se manifestara después de lo que había escuchado antes.

"¿Te gusta trabajar para Eric?"

El asintió. "Es el mejor trabajo que he tenido. Y aunque me trasnocho un poco, vale la pena".

Ali miró más allá de Stephen hacia donde estaba Eric. Estaba en medio de una multitud donde se desarrollaba una animada discusión. Se dio cuenta de que las dos mujeres que había escuchado antes eran parte del grupo que lo rodeaba. Se preguntó cuál quería ser el dulce para el brazo.

"Eres un asesor de bodas", afirmó Stephen.

Ella asintió y tomó un sorbo de vino.

"Por lo que puedo decir, lo estás haciendo muy bien".

"¿Qué significa eso?" ella preguntó.

"Hemos investigado un poco las finanzas. Pareces estar en tierra firme".

"¿Eric ordenó eso?"

"No directamente. Realizamos un seguimiento de muchas pequeñas empresas. "Pequeño" significa menos de veinte millones en

activos. Las bodas de Diana cruzaron mi escritorio. Pero como usted no
es un cliente, estamos limitados únicamente a información pública".

Ali lanzó otra mirada a Eric. La multitud se había alejado y él se
acercaba a ella. La esposa de Stephen llegó hasta ellos al mismo tiempo.

"Eric, felicidades. Acabo de oír que ustedes dos están
comprometidos". Ella miró de él a Ali y viceversa. "Debo admitir que no
pensé que nadie te atraparía".

Ali miró al suelo y luego volvió a levantarse.

"No estamos comprometidos", dijo Eric.

"Tú no lo eres, pero yo..."

"No lo somos", confirmó Ali.

"Estoy seguro de que hay un estadio de mujeres que se alegrarán de
escuchar eso", dijo Stephen.

Ali sintió que el color desaparecía de su rostro. La esposa de
Stephen le dio un golpe en el costado.

"Pido disculpas", dijo. "No quise decir eso por la forma en que sonó".

"Es una larga historia." Eric la protegió de más comentarios sobre su
compromiso. Obviamente estaba avergonzada. "Una noche después de
haber bebido demasiados tragos, podría contártelo". Miró a Ali. "Pero
ahora mismo voy a bailar con la mujer más bella de la fiesta". Le sonrió
a Ali. Ella se lo devolvió a pesar de que no había ningún humor detrás
del gesto.

Eric la tomó del brazo y se dirigieron a la pista de baile, dejando
atrás a un anfitrión y una anfitriona sorprendidos. Tan pronto como la
abrazó, dijo: "Tú y Stephen estaban inmersos en una conversación".

Ali falló un paso y su zapato terminó sobre el de él. "Lo siento", dijo
y continuó. Ella colocó su cabeza junto a la de él para que él no pudiera
ver su rostro.

"¿De qué estaba hablando?"

"Las condiciones de trabajo, la investigación financiera y usted". Ella
apretó los brazos.

Eric probablemente sintió el cambio en ella. Estaba rígida y lo abrazó demasiado cerca.

"¿Estás bien?" preguntó. Su voz estaba justo en su oído.

Sacudió la cabeza tanto como pudo moverla. "Quiero ir", dijo Ali.

"¿Por qué? ¿Qué pasó?"

"Por favor, vámonos".

"No dejes que lo que dijo Stephen te moleste".

"No es Stephen", dijo.

Eric suspiró. "Te daré las buenas noches y buscaré tu abrigo".

La mujer que Eric ayudó a subir al coche era exactamente opuesta a la que había subido hacía tres horas. En silencio regresaron a su casa. Ali no esperó a que él viniera y la ayudara. Entró en la nieve, sin preocuparse de sus zapatos ni del cuidado que había tenido en su primera cita.

"¿Me vas a contar qué pasó?"

Ali llegó a su puerta y la abrió. Dentro, Eric la cerró y esperó a que ella hablara.

"¿Por qué no nos olvidamos de todo? El compromiso ha terminado. La fiesta terminó. Hemos cumplido nuestros compromisos. Digamos adiós y olvidemos que esto sucedió".

"No." Su voz tenía una finalidad. No iba a dejarse hacer a un lado fácilmente. "Hablaste con Stephen y todo cambió. ¿Que dijo el?"

"Stephen no dijo nada fuera de lo común. Me habló de su trabajo, de investigar Las bodas de Diana.

"¿Y eso te molestó?"

"¡No se trata de Stephen!" ella gritó.

"¿Y que? Su esposa estaba mal informada sobre el compromiso y el comentario sobre un estadio de mujeres..."

"No fue nada de eso". Ali miró a Eric. "Buenas noches", dijo.

Eric la miró fijamente como si pudiera obligarla a explicarse. Ali abrió la puerta y salió.

"Adiós", susurró ella después de que él se hubo ido.

* * *

Comenzó la "Marcha Nupcial". Las puertas se abrieron y allí estaban la novia y su padre. El sonido de aprobación se elevó desde la iglesia abarrotada mientras la congregación se levantaba y la novia comenzaba su procesión por el pasillo. Ali sintió que las lágrimas empañaban sus ojos. Ella los apartó parpadeando. Esta fue la segunda boda este mes y la segunda vez desde que ella y Diana comenzaron su negocio que Ali se sintió conmovida por la ceremonia.

Estaba consciente de cada palabra pronunciada, cada sonido del órgano, cada jadeo del público. Y por primera vez recordó los comentarios de Eric mientras observaba a la novia. ¿Nunca imaginaste que algún día sería tu turno?

Ella lo imaginó ahora. Ella quería ser la novia, quería flotar por ese pasillo con ella única esperándola.

Eric era su único.

Pero para él, Chloe era la indicada. Ella fue la razón por la que Eric renunció a las relaciones. Él ni siquiera se dio cuenta, pero Chloe lo había cambiado. Ella le había quitado la capacidad de confiar en cualquiera excepto en él mismo. Y él no se dio cuenta. Para él, Ali era sólo un dulce para el brazo.

Ali había sentido lo mismo cuando Chad la traicionó. No había renunciado a las relaciones, pero era mucho más exigente que antes. Entonces Eric entró en su vida. Al principio de mala gana, pero él había ocupado una gran cantidad de espacio en su corazón y no era consciente de ello.

Cuánto más fácil hubiera sido si Verónica hubiera sido su competencia. Ali deseaba que así fuera. Verónica estaba viva. Cloe era un fantasma. Intentar exorcizar a un fantasma era casi imposible. Chloe tenía control sobre la mente de Eric y ella no cambiaba. Probablemente revisó con regularidad escenarios de lo que podría haber hecho de manera diferente. ¿Por qué tomó un amante? ¿Por qué él no era suficiente para ella? Esa fue la pregunta más difícil. Y no tuvo respuesta. No pudo eliminar el resultado de su argumento. Se había subido a ese coche y conducía demasiado rápido. Y ella nunca estaría allí para explicarle, para aliviarle la culpa que sentía por su muerte.

Depende de Ali desempeñar ese papel. Y ella iba a hacerlo.

"¿Alí?" La voz de Renee llegó a través de su auricular. "¿Está ahí?"

Ali no sabía cuántas veces su consultor la había llamado por su nombre. Estaba perdida en sus propios pensamientos.

"Estoy aquí."

"¿Está el fotógrafo en su lugar?"

Ali miró hacia el largo pasillo. "Está cerca del frente".

"Bien. La novia quería asegurarse de que hubiera fotografías de la ceremonia real".

Ali conocía al fotógrafo. Había trabajado con él muchas veces y lo recomendaba siempre que se lo pedían. "Ella no tiene nada de qué preocuparse".

"¿Está todo bien contigo?"

"Estaba un poco distraído, pero todo está en orden".

Ali había estado pensando en Eric. La iglesia no era la Catedral de San Patricio, pero Ali continuamente buscaba a Eric. Él la había sorprendido apareciendo en una de sus bodas. Se preguntó y esperó que él lo hiciera de nuevo. Pero la ceremonia prácticamente había terminado y él no había aparecido.

Saltándose la recepción, Ali optó por hacer las maletas y conducir a casa. Esperaba que Eric estuviera esperándola. Pero el camino de entrada estaba vacío cuando llegó. Ya no tenían ningún motivo para encontrarse. Sus padres sabían que el compromiso era una farsa. Eric tenía un negocio que dirigir. Al igual que ella. Su acuerdo había llegado a su fin. Era hora de seguir adelante.

Ali había estado en esta encrucijada muchas veces. Nunca había sido un problema lanzarse a sus diseños. Su concentración podría perderse por un día, pero lo olvidaría y seguiría adelante. Tenía la sensación de que ese no era el caso hoy.

Al entrar en la casa, sintió un eco de vacío. Ella y Eric no habían estado allí juntos muy a menudo, pero desayunaron en su cocina, hicieron el amor en su dormitorio y se besaron en su sala de estar. De repente, ella no quería estar allí sola. Podría llamar a Diana. Scott estaba fuera de la ciudad. Los dos podrían ir a tomar una copa. Ali sacudió la cabeza, descartando la idea. No estaba de humor para estar con otras personas. Diana inmediatamente sentiría su estado de ánimo y la acosaría con preguntas sobre sus sentimientos por Eric.

Esos sentimientos eran un caos.

Se preguntó dónde estaba. ¿Estaba en su oficina? No era tan tarde, sólo poco más de las siete de la tarde. Los mercados internacionales estaban abiertos. Podría estar trabajando. Ali no llamó a ninguno de los números de teléfono que tenía para él. Decidió darse un baño y acostarse temprano, pero una vez que salió de la bañera supo que no podría dormir.

Eric estaba en su mente. ¿Estaba bien? ¿Podría estar sintiendo lo mismo que ella? Los dos habían acordado un plan y ahora eso había terminado. Entonces, ¿por qué Ali sintió que había perdido a un amigo?

Capítulo 11

"Las acciones de Nokamara abrieron tres dólares más que al cierre de ayer".

Eric miró hacia arriba. Stephen Bryant estaba frente a él. No había oído nada de lo que el hombre había dicho. De hecho, no sabía cuánto tiempo había estado allí.

"Pareces enfermo", dijo Stephen. "Tal vez deberías irte a casa. Podemos manejar las cosas aquí".

Eric se sentó en su escritorio. Su mente no estaba ocupada y no estaba enfermo. Era consciente de que su vicepresidente podía manejar las cosas. En los últimos meses, mientras Eric pasaba todo su tiempo con Ali, Stephen había mantenido las cosas bajo control. Pero Eric ya había regresado. Ali estaba en el pasado. Su acuerdo había terminado. Sin embargo, le estaba costando volver a la rutina de la oficina.

"Estaré bien", dijo Eric. "Ahora, ¿qué dijiste?"

"Nada importante", dijo Stephen. "Pido disculpas por lo que dije en la fiesta".

Stephen se había disculpado cientos de veces desde la fiesta, aunque Eric le dijo que no había ofendido a Ali. Algo lo había hecho, pero todavía no sabía qué era.

"Piensa en volver a casa", dijo Stephen.

Se fue y Eric pensó en volver a casa, pero ya no sentía que le perteneciera. El fantasma de Ali permaneció en las habitaciones. Casi podía oler su fragancia única cuando se sentaba en el sofá, escuchar la sonrisa en su voz cuando hablaba.

"Creo que deberías llamarla".

Esta vez Eric escuchó la voz. Levantó la vista y encontró a Quinn parada en la puerta.

"¿Qué estás haciendo aquí?" preguntó. "¿No tienes trabajo que hacer?" Eric se levantó y rodeó el escritorio para abrazar a su hermano.

ALGUIEN COMO TU: ¿EL PLAN PERFECTO TIENE UN FINAL SORPRESA?

161

"Si miraras el calendario, sabrías que es la semana anterior a Navidad. Mucha gente se va de vacaciones en esta época del año".

"Y muchos lo toman después de Navidad".

"Pero trabajas los 365 días del año. Al menos lo habías hecho antes de Ali. Pero ahora... Dejó que la frase persistiera.

"Ella y yo hemos terminado. Sólo estábamos juntos para frustrar a mamá. Y sabemos cómo terminó eso".

Quinn silbó. "Me sorprende que todavía puedas caminar por esta tierra. ¿Mamá ya te ha hablado?

"Apenas. Hemos tenido algunas conversaciones. Eran breves y forzados".

"Estoy seguro de que ella te perdonará pronto". El pauso. "Especialmente si llamas a Ali y haces que las cosas vuelvan a ser como deberían ser".

"¿Por qué habría de hacer eso?"

"Porque eres miserable sin Ali. No puedes concentrarte. Apuesto a que no has comido en mucho tiempo, te ves demacrado y dijiste que estabas enamorado de ella.

"Nunca dije eso", protestó Eric.

"No en palabras, pero es obvio en todo lo que haces y dices".

Eric no quería escuchar la respuesta a la pregunta que tenía en mente. Pero Quinn continuó.

"Has comenzado a perder peso".

Eric se miró a sí mismo y luego a su hermano.

"Sólo una libra o dos, pero la espiral ha comenzado. No duermes. Pareces un hombre muerto caminando. Entonces, ¿por qué no te haces un favor y vas a decirle a la mujer que la amas?

"No puedo."

"¿Por qué no? Son sólo tres pequeñas palabras".

"Y no es que no las haya dicho antes", dijo Eric.

Quinn frunció el ceño. "No hay razón para pensar que Ali se parecerá en algo a Veronica o Chloe".

"No hay indicios, pero hay un problema".

"¿Qué es eso?" preguntó Quinn.

"Ella no está enamorada de mí. Ni siquiera quiso contarme qué pasó la noche de la fiesta de Stephen. Me dio las buenas noches, salió del coche y no he vuelto a hablar con ella desde entonces.

"¿Estás seguro de esto? Porque por lo que vi de ustedes dos, no había nadie más en la habitación cuando ustedes estuvieron allí. Podría decir que todo el planeta estaba habitado sólo por ustedes dos".

Eric sabía que así era como se sentía. Cuando estaba con ella no había otro mundo excepto el que los encerraba.

"Ya compraste el anillo", le recordó Quinn. "Mamá lo vio. Aunque estaba enojada, más allá de enojada (sus palabras), no se perdió ningún detalle".

"Podría hablar con ella si no está en una boda. Tuvo cuatro este mes", dijo Eric.

"Y se acerca la Navidad. Y los relojes se detendrán. Y el mundo se acabará. No pongas obstáculos en tu camino. No es como tú."

Eric cuestionó cómo era él. Desde que conoció a Ali, muchas cosas en él habían cambiado. Supuso que enamorarse le hacía eso a una persona. ¿Quinn podría tener razón? ¿Ali se había enamorado de él?

Sólo había una manera de averiguarlo.

* * *

Eric practicó su discurso frente al espejo del baño. Lo repitió mientras vestía traje y corbata. En la sala, lo repasó nuevamente mientras buscaba las llaves de su auto. Durante el camino a su oficina, lo había memorizado y estaba seguro de lo que quería decir. Al entrar al estacionamiento, el pánico se apoderó de ella. No había tenido en cuenta sus respuestas. Debería tener un plan sobre cuáles podrían ser sus respuestas.

Pero ya era demasiado tarde. Ali apareció en la puerta y caminó hacia él. Ella sonrió ampliamente y como Quinn había predicho, el mundo que los rodeaba desapareció. No podía ver sus curvas debido al abrigo que llevaba, pero Eric las conocía íntimamente y, mientras ella caminaba hacia sus brazos, él rodeó su cintura y ella lo besó en la mejilla. La abrazó un momento más de lo necesario, inhalando su perfume y queriendo apretarla contra él hasta que el mundo volviera a su lugar.

"No pareces un miembro de la boda". Ella dio un paso atrás y lo miró.

Sabía que ella estaba hablando del traje, pero el comentario lo afectó como si hubiera ido directo al corazón.

"Me sorprendió saber de ti". Él abrió la puerta del auto y ella entró. "Pero necesitaba salir de la oficina por un tiempo".

"¿Las bodas?" preguntó.

"Parece que todas las novias quieren cambiar algo en el último momento". Ella lo miró mientras él sacaba el auto del estacionamiento. "Pero no quiero hablar de bodas. ¿Cómo has estado?"

"Extraño nuestras citas", dijo honestamente. Eric no pudo mirarla el tiempo suficiente para evaluar la expresión de su rostro.

"Fueron divertidos". Ella rió. Serena, preguntó: "¿Cómo van las cosas con tu mamá?"

"Estaban Hablando."

Entró en el estacionamiento de su condominio.

"¿Vamos a almorzar aquí?" Ali preguntó sorprendida.

"Quiero hablar contigo y no quiero que haya mucha gente cerca".

Subieron en silencio los pocos escalones que conducían a la entrada del condominio. Una vez dentro, tomó su abrigo y la condujo al comedor.

"¡Guau!" dijo Alí.

La mesa estaba puesta para dos con velas encendidas y la comida caliente y lista. En el centro había un arreglo floral hecho con ramas de pino, acebo y muérdago, reemplazando las campanas plateadas que había colocado allí. Las servilletas estaban dobladas en formas que parecían palomas blancas. La música navideña sonaba suavemente de fondo. Todo fue como él lo había ordenado.

"¿Como hiciste esto?" Ella sonrió, obviamente complacida. Tocó los cubiertos y se inclinó para oler el pino en el centro de mesa.

Eric también sonrió. Involuntariamente, un rayo lo atravesó. Obligándose a mantenerse firme, recordó su discurso, pero aún no era el momento. No estaba cómodo. Éste era un terreno desconocido y le resultaba difícil relajarse. "Lo hice atender. Quinn estaba aquí para supervisar. Se escapó en el momento en que llegamos al aparcamiento.

Ali asintió con aprobación.

"Esta parece una ocasión muy especial".

"Siéntate."

La ayudó a sentarse en la silla y se sentó a su lado. Abrió la tapa de su plato. "Pato a la naranja", añadió.

"Esta conversación debe ser realmente algo importante", dijo, dando un mordisco a la comida. Bajó los ojos, revelando su aprecio por la suculenta carne. A Eric le encantó la forma en que lo hizo. La había visto en medio de la pasión y esto comparado con esa expresión. La idea lo despertó.

Apisonarlo, se dijo.

"¿Te gusta la comida?" dijo Eric.

"Me encanta el pato a la naranja". Ali dio otro mordisco. "Y esto es excelente. ¿Quién atendió esto?

Se ha superado un obstáculo, pensó. Esta fue la apertura. Era lo que estaba esperando, pero cada palabra que había practicado desapareció como si estuviera en un idioma extranjero. Uno que no habló.

"Eric", lo llamó Ali.

"Me voy a casar", espetó.

Ella no se ahogó, pero estuvo cerca. "¡Qué!"

"Estoy pensando en tener esto como plato principal en la recepción".

"¿Recepción?" Ali dejó caer su tenedor. Golpeó contra la porcelana antes de posarse sobre el mantel blanco.

"Me voy a casar de nuevo. Me gustaría contratar a Weddings by Diana para planificar la boda".

Ella se recostó en la silla. "Debería haber traído un bloc para tomar notas", dijo rotundamente. "Supongo que las felicitaciones son necesarias". Se puso de pie, llevándose su copa de vino mientras se alejaba de la mesa. No lo había tocado desde que se sentaron, pero debía haberlo necesitado ahora. Levantándolo, brindó por él. El trago que tomó fue largo. Apuró el vaso y lo dejó junto a la comida no consumida. Alejándose de la mesa, se dirigió al arco entre la cocina y el comedor. "¿No debería hablar con la novia sobre los servicios que brindamos?"

"Estoy seguro de que los conoces lo suficientemente bien como para elegir".

"No entiendo."

Eric se movió de su asiento en un extremo de la mesa para pararse frente a Ali. Tomando sus manos, él la acercó.

"Te amo", dijo. "Quinn dice que tú también estás enamorada de mí. ¿Es verdad?"

Sus ojos se abrieron como platos. Estaban claros y él los sostuvo, esperando que ella dijera algo.

"Pensé que no buscabas una esposa, sólo alguien que complacera a tu madre".

"Eso era cierto al principio".

"¿Y ahora?"

Las palabras fueron pronunciadas lentamente, pero el peso que llevaban era inconmensurable. "Ahora sé que ella eligió a la mujer adecuada para mí", dijo Eric.

"¿Está seguro?" -preguntó Ali. "Este no es otro de tus planes para volver a agradar a tu madre, ¿verdad?"

En lugar de responder, Eric puso sus manos a ambos lados de su cabeza y acercó su boca a la de él. La sintió rendirse casi de inmediato.

Sus brazos rodearon su cintura y él profundizó el beso. Su lengua se deslizó dentro de su boca, bebiendo su sabor.

Sintió como si hubieran pasado años desde la última vez que la tuvo en sus brazos, desde que pudo percibir el olor de su champú, desde que pudo deleitarse con el néctar que era exclusivamente suyo. El frenesí lo alcanzó y devoró su boca. Quería acercarse a ella, quería hablarle a través de sus besos, a través de la textura de su cabello, la suavidad de su piel. Él la quería toda.

Levantando la cabeza, murmuró contra su boca: "Te amo. Creo que sí desde la primera noche que nos conocimos. Su voz era entrecortada, lo que le obligaba a hablar entrecortadamente. Él la miró profundamente a los ojos. "Estabas saliendo del restaurante y no quería que fueras. No podía dejar que te fueras tan rápido. A pesar de la trampa de nuestras madres, sentí la chispa".

La besó de nuevo. Quinn tenía que tener razón. No había manera de que pudiera besarlo así y no sentir algo por él. No había forma de que pudiera mirarlo como lo hacía y no sentir lo mismo que él.

Esta vez ella lo empujó hacia atrás. Dejando caer la cabeza, respiró hondo y luego lo miró directamente a los ojos. "Yo también te amo", dijo.

Eric pensó que sus piernas cederían. Había deseado oírla decirlo, pero no estaba seguro hasta ese mismo momento.

"Pensé que estabas en contra del matrimonio", dijo Ali. "Me dijiste eso la primera noche que nos conocimos. Luego están Verónica y Chloe, mujeres que te rompieron el corazón y te hicieron desconfiar de las mujeres".

"Lo sé." Recordaba sus conversaciones, pero su voz tenía un poco de humor. "Mancharon mis puntos de vista por un tiempo, pero llega un momento en el que hay que arriesgarse. Arriesga lo que sea necesario por la promesa de la felicidad".

"¿Estás dispuesto a hacer eso por mí?"

"Eso y más", dijo, dándole un beso en la nariz.

"No creo que haya mucho riesgo", le aseguró Ali. "Te amo y nada cambiará eso".

"Sólo falta una cosa", dijo Eric.

"¿Qué?"

La soltó por un momento y se dirigió a la mesa de la sala. Sacó una pequeña caja del cajón y se la devolvió. Eric levantó la funda de terciopelo negro. El nombre Varrick estaba estampado en la tapa interior.

"Mi anillo", dijo.

Él lo quitó. "Te casarias conmigo." Lo expresó como una conclusión inevitable.

"Lo haré", dijo Ali.

Deslizó la pesada piedra en su dedo. Esta vez significó más para ambos que en el pasado. Cuando lo eligieron, Ali protestó. Pero esta vez su compromiso fue real y el anillo fue real.

Sellaron el compromiso con un beso.

* * *

La cama no sólo estaba desordenada. Había sido destruido. Las sábanas colgaban de los lados o estaban completamente retiradas del colchón.

Eric cogió una de las sábanas y la cubrió con ella. El corazón de Ali latía al doble de velocidad, su cuerpo estaba bañado en una capa de sudor, pero estaba más feliz que nunca.

Eric yacía a su lado, acunándola en sus brazos, con una mano en su pecho. Se había preguntado si harían el amor igual que la primera vez. Luego el segundo. ¿Sería siempre así de intenso, tan completamente satisfactorio? No podía responder a eso, pero esperaba que así fuera.

"Sabes que nadie nos va a creer cuando les digamos que estamos comprometidos", le dijo. Su voz era profunda por la satisfacción sexual.

Él asintió contra su cabello. "Pensarán que es otro truco".

Ali extendió su mano admirando el anillo. "Ni siquiera podemos mostrarles un anillo diferente". Ella rió. "Tal vez nos crean en nuestro décimo aniversario".

"¿Quieres un anillo diferente?"

Él empujó hacia atrás y miró por encima del hombro. "Absolutamente no."

"Lo crean o no, lo sabremos", dijo Eric y la acercó a su cuerpo desnudo. Ali sintió el aumento del calor, el familiar ardor que acompañaba a la excitación.

Ella se dio vuelta. Le apartó el pelo de la cara y la miró. Podía ver la necesidad en sus ojos, sentir el deseo en la fuerza de su cuerpo.

"Tu cabello es un completo desastre", susurró mientras pasaba los dedos por él. Una y otra vez, peinó los mechones como si fueran oro. Su boca besó su rostro, saltando de un lugar a otro.

"Tengo que agradecerte por mi cabello desordenado", dijo Ali. "Gracias." Su murmullo fue bajo y sexy, transmitiendo todo lo que sentía, todo lo que él sacaba a relucir en ella.

Eric se tomó un momento para mirarla. La tensión creció dentro de ella mientras él observaba, sosteniéndola sólo con sus ojos durante mil años. La boca de Ali se secó. Se lamió los labios para humedecerlos. Bajó la boca y reemplazó su lengua. Sus labios se acoplaron y se aferraron. Brazos y piernas giraron y se entrelazaron, alineando sus cuerpos. Ali pasó sus piernas arriba y abajo contra él, tocándolo de la manera más íntima. El fuego surgió como meteoritos golpeando el suelo. Anhelaba él, tenerlo cerca, dentro de ella, sentir la presencia de su cuerpo unido al de ella. Quería el elixir sin embotellar que crearon. Estaba a su alrededor, manteniéndolos unidos. No estaba a la venta y tenía una vida útil de menos de una hora, pero generaba sentimientos tan fuertes y apasionados que Ali podría morir por exposición continua. Sin embargo, quería el elixir, quería abrirlo, revivir su efecto en cualquier momento del día o de la noche.

Sintió la alegría de la penetración cuando se unieron, el comienzo de un baile que la llevaría a lugares nunca antes encontrados por nadie excepto ellos dos.

Su cuerpo se hundió en el de ella y ella lo encontró con cada embestida profunda y conmovedora. Sus caderas se levantaron de la cama, golpeándose contra él, llevándolo hacia el interior de su sexo, drenando cualquier placer que le ofreciera. Ella tomó y dio. Juntos determinaron su propio ritmo. Comenzó con un ritmo optimista y fue subiendo desde allí, pasando de frenético a perverso a medida que subían los niveles de hedonismo.

La habitación se llenó con el chasquido eléctrico de los amantes apareándose. Olas de emoción tronaron dentro de ella, chocando y reformándose con la velocidad de los maremotos. Los mares de una danza primitiva se arremolinaban y estallaban en fuentes lluviosas. Unas manos acariciaron sus costados y sujetaron su trasero mientras Eric la guiaba hacia las alturas del amor mutuo.

Ali jadeó por aire pero se negó a detener la furiosa tormenta que atravesaba su cuerpo. Y entonces un nuevo sentimiento se apoderó de mí. Era consciente de todo acerca de sí misma, no sólo del abrumador placer que ella y Eric forjaban, sino de cada vaso sanguíneo, cada nervio, la sensación de las manos de Eric sobre ella, la suavidad del colchón debajo de ella y el diluvio de poderosas emociones que Asaltó sus sentidos y la atravesó hacia una tierra de pura sensación. Su grito fue fuerte y prolongado mientras alcanzaba el colmo del éxtasis.

Juntos volvieron a caer a la tierra, cayendo rápido y con fuerza. Con la respiración superficial y jadeante, el corazón palpitante, Ali trató de calmarse. El peso de Eric la presionó contra la cama y la mantuvo caliente. Ella quería su peso, triunfó en la naturaleza compasiva de este único. Sus brazos la rodearon, aferrándose a un hilo nebuloso que los unía. Por un momento más, quiso resistir la desaceleración de la sensación que los conectaba.

Eric se apartó de ella y la acercó a su costado. Él la miró con los ojos adormilados y la boca curvada en una media sonrisa.

"Te amo", dijo.

Epílogo

El vestido que Ali diseñó para su propia boda fue el mejor esfuerzo de su vida. Usó encaje vienés y rollos de raso. El vestido se ajustaba a su cintura, la falda era recta por delante, pero la espalda formaba una cola que rivalizaba con todo lo que había visto en cualquier lugar. Perlas y cristales cubrían todo el vestido y brillaban a la luz de las velas de la iglesia. Su velo le caía por la espalda y se extendía varios metros más allá de la cola.

Las dos madres demostraron la regla desafiándolo todo. Los velos de las damas de honor no combinaban con los vestidos. ¿Deberían usar sombreros y no velos? Era una boda en junio, por lo que los hombres debían vestirse de un color más claro, no del tradicional negro con corbata y frac blancos. Siguieron y siguieron, y Ali sintió lástima por Lisa, la asesora de bodas que se encargaba de los arreglos. A menudo, ella o Eric eran llamados para dar el voto decisivo o apaciguar a las madres. Pero cuando llegó la ceremonia, estaban allí con una sonrisa.

Lisa tuvo el privilegio de tratar con la madre de la novia y la madre del novio, un destino que ciertamente demostró su valía.

Comenzó la música de órgano. Ali lo escuchó desde el vestíbulo donde estaba. Diana la miró y sonrió. Las dos hermanas de Renee y Ali fueron sus damas de honor. Le dieron un último asentimiento y comenzaron a caminar por el pasillo. Diana, como madrina de honor, los siguió.

"Bueno, cariño, prometo no llorar, pero te ves maravillosa", dijo su madre y la abrazó. Normalmente, la madre de la novia comenzaba la ceremonia siendo escoltada hasta su asiento por un padrino de boda. El padre de Ali tuvo ese honor. Ali caminaba por el pasillo escoltada por su madre. Ali le había pedido a su madre que se desviara de la tradición y la entregara. Gemma Granville lloró felizmente por el honor.

Comenzó la "Marcha Nupcial". Ambas mujeres se miraron. Había niebla en los ojos de su madre. Ali había oído esa música cientos de veces en otras bodas. Hoy le sonó. Los latidos de su corazón se aceleraron. Al otro lado de esa puerta estaba Eric esperándola. Ella lo amaba más de lo que jamás creyó posible. En unos momentos serían marido y mujer.

La iglesia estaba llena, adornada con flores fragantes e iluminada con velas. Había una alfombra blanca extendida cubierta de rosas rojas de tallo largo que conducía al altar.

El brazo de Gemma Granville tembló cuando los dos pisaron la alfombra y comenzaron a caminar.

Ali y Eric juraron su compromiso y el novio besó a la novia.

Don't miss out!

Visit the website below and you can sign up to receive emails whenever Anna Gary publishes a new book. There's no charge and no obligation.

https://books2read.com/r/B-A-DSPAB-KQNQC

BOOKS 2 READ

Connecting independent readers to independent writers.

Did you love *Alguien Como tu: ¿El plan perfecto tiene un final sorpresa?*? Then you should read *Crianza Sagrada #2*[1] by Anna Gary!

Todo estaba bien hasta que esa inocente niña rica entró en mi garaje. Desde el momento en que puse mis ojos en ella, todo lo que he querido hacer es poner mis manos sucias en su cuerpo puro.

Hay un pequeño obstáculo en mi camino, pero tengo un plan. Todo lo que tengo que hacer es reclamarla y será mía para siempre.

Advertencia: este libro es exagerado e instantáneo. No hay nada más que escenas apasionantes y un héroe alfa barbudo obsesionado que reclama una virgen que será suya para siempre. Si lo quieres caliente y sucio, ¡aquí lo tienes!

¡Hay una dulce y obscena sorpresa al final!

---

1. https://books2read.com/u/3Go9X8

2. https://books2read.com/u/3Go9X8

Also by Anna Gary

La fille Riche de la Ville
Jusqu'à ce que je captive ton cœur
Quelqu'un Juste Comme Toi
Un Grand Risque à Prendre
Un Milliardaire qui a Besoin d'une Femme
Frêne doré
Le retour du mauvais garçon
La Jeune Musulmane
Dose de domination
La Transformation de Sandra
Preuve d'adultère
Tomber Amoureuse de son Voisin
Le Mangeur de Chair
L'embrasser jusqu'au bout
La Ligne à ne pas Franchir
La Première Fois de Stéphania
Séduit par Fiona
Le Plus Grand Braquage
En Avoir Assez
Totalement Beau et Interdit
Le Voisin Intimidant
Alguien Como tu: ¿El plan perfecto tiene un final sorpresa?
Gemelos Dobles
Hasta que Cautive tu Corazón: Kace debería hacer todo lo posible
para que Shiloh vuelva a su vida...
La Chica Rica de la Ciudad
La Compleja Mujer Fatal
Riesgo a Correr: No voy a arriesgarme a dejar ir a Roselaure
Un Multimillonario que Necesita una Mujer: Rayjee Herrero
Necesitando una esposa y desesperado por tener una...

9 798223 965480